LA MAISON DE GRANIT

Editions : BoD – Books on Demand
12/14 rond-point des Champs-Elysées, 75008 Paris
Impression : BoD – Books on Demand, Norderstedt, Allemagne
ISBN : 9782322162697
Dépôt légal : Septembre 2018

François De Bressault

LA MAISON DE GRANIT

Du même auteur, aux Éditions Books on Demand :

Un Hiver de Prudence
Le Jardin Clos
Agnès et Josette
L'Enfant Chouan
Souvenirs d'un amour (poésie)

Les personnages :

La famille d'Haqueville :

François d'Haqueville, *magistrat de formation, a pris la suite de son père comme armateur à Granville.*

Hippolyte d'Haqueville, *frère cadet de François, officier de marine.*

Sophie d'Haqueville, *épouse de François.*

Leurs enfants :

Charles, *vingt-quatre ans, a quitté l'école Polytechnique pour entrer aux Beaux-arts.*

Henri, son frère, *dix-neuf ans, vient de terminer ses études secondaires, songe à devenir prêtre.*

Monsieur J…, *frère de Madame d'Haqueville, vit à Houlgate.*

Hermine de Glatigny, *cousine de Sophie d'Haqueville, célibataire.*

La famille de l'Assardière :

Monsieur de l'Assardière, *commandant de vaisseau, vogue vers les Indes.*

Caroline de l'Assardière, *son épouse, sœur de feu l'amiral Aimery Sartilly et d'Octave Sartilly, amie d'enfance de Sophie d'Haqueville.*

Leurs enfants :

Pascal, *dix-huit ans, camarade de classe d'Henri d'Haqueville.*

Éléonore, *dix-sept ans.*

La famille Sartilly :

Adélaïde Sartilly, *belle-sœur de Caroline de l'Assardière, veuve de l'officier de marine, Aimery Sartilly, vit au Manoir.*

Octave Sartilly, *frère de feu l'amiral Aimery Sartilly, veuf de la fille d'un armateur du Havre dont il a repris l'affaire.*

Les enfants d'Adélaïde :

Corinne, *seize ans.*

Basile, *quatorze ans.*

Achille Vinay, *secrétaire de Monsieur d'Haqueville, fils d'une domestique de la famille.*

Léocadie, *fille d'Achille Vinay, vingt ans, caissière chez François d'Haqueville.*

CHAPITRE I : 1867

I.

C'était maintenant à son cadet de terminer ses études et, revenant de Paris, Charles avait pu s'arrêter une journée à Avranches pour assister à la distribution des prix. Leur mère, un peu souffrante, n'avait pas cru prudent de faire, par cette chaleur, les sept lieues qui séparaient Granville d'Avranches. Il représentait la famille.

Tout ici lui rappelait le passé : ses études, brillantes, ses examens, sa préparation à l'École Polytechnique bientôt interrompue pour entrer aux Beaux-arts et suivre la carrière artistique où l'engageait son précoce talent.

Il se souvenait de ce jour, quelques années auparavant, un jour tout semblable, où il avait quitté le collège pour revenir à la maison paternelle, de sa joie d'avoir terminé ses études qui ne l'intéressaient que par la facilité avec laquelle il les menait, et de pouvoir, enfin, se consacrer librement à la peinture. Il se rappelait aussi l'étonnement de son père, l'armateur, de voir son fils aîné s'engager dans une carrière si différente de la sienne.

Il y avait cinq années de cela, cinq années durant lesquelles Charles d'Haqueville avait presque constamment vécu à Paris, très loin de l'atmosphère comme des préoccupations familiales. Riche, jeune, bien doué, il avait été choyé par les relations parisiennes, nombreuses, de son père. Quelques-unes de ses œuvres, exposées, avaient eu un réel succès. Il n'avait interrompu son séjour à Paris que pour passer un an en Italie compléter sa culture artistique. Tout cela lui semblait avoir été très court. Il avait vingt-quatre ans.

Au Supérieur qui l'accueillait chaleureusement après la distribution des prix, un peu surpris de son retour soudain, il devait expliquer :

— Moi non plus, je ne pensais pas rentrer si tôt. Je prépare une exposition pour septembre, mais mon père m'a écrit qu'il serait heureux de me voir revenir ; il veut, sans doute, savoir si je commence à être remarqué à Paris, connaître mes dernières œuvres et me décrire la marche de ses entreprises. Alors, je suis venu. Peut-être veut-il aussi me parler de l'avenir de mon frère, de sa carrière…

— Votre frère ? Je le regretterai comme je vous ai regretté. J'aurais aimé qu'il devînt prêtre… Si, poursuivit le Père, voyant l'étonnement de son ancien élève, l'appel du Christ à la perfection a trouvé un écho dans son âme, j'en suis persuadé ! Je le connais bien : aucun des succès, aucune des joies qu'il a pu avoir ne l'a grisé. Rien de ce qui est humain, déjà, ne peut le satisfaire ; Dieu seul le pourrait, mais votre frère ne s'en rend pas encore compte. La vie, hélas ! Le lui apprendra peut-être !

Charles sourit.

— Mon Père, elle ne semble pas en prendre le chemin. Laissons, en tous cas, à la Providence le soin de diriger ses pas et ne cherchons point à l'interpréter. Savez-vous à quoi je travaille actuellement, mon Père ? poursuivit-il, vite revenu à son sujet favori. À une reproduction de la « Vierge aux Rochers », de Léonard de Vinci. La toile est presque achevée, mais mon pinceau hésite à fixer les traits de la Vierge, aucun visage de femme n'a pu jusqu'ici évoquer pour moi la Madone… »

Les familles arrivaient pour saluer le Supérieur. Charles prit congé et alla retrouver son frère Henri qui bavardait avec un camarade qu'il reconnut être Pascal de l'Assardière.

Pascal ! C'était un homme maintenant. Haqueville se rappelait l'image qu'il en avait conservée depuis le temps où il terminait à Avranches sa préparation à l'École Polytechnique. Pascal, alors, était avec Henri en quatrième. C'était un enfant très joli, dont Charles avait souvent admiré la souplesse féline quand il jouait avec ardeur dans la cour de récréation ombragée de marronniers. Ils s'étaient parlé à peine deux ou trois fois.

Il y avait longtemps de cela, mais Haqueville s'apercevait qu'il n'avait pas oublié : il retrouvait, sans ne l'avoir jamais quitté ainsi, un vieil ami. Ils se serrèrent la main. Pascal devait, jusqu'à la berline qui était venue les chercher, accompagner les deux frères.

Henri et lui causaient avec animation, joyeux d'être ensemble et de la fin de leurs études qui allaient les séparer pourtant. Charles se demanda s'ils n'y pensaient pas ou si cela leur était indifférent. Lui se tourmentait de ce que ce court trajet était peut-être la dernière occasion de voir cet ancien ami : il l'aimait au passé, mais sa présence rendait vivantes ces heures d'hier qu'il avait crues si lointaines.

Avant de monter en voiture, il lui serra longuement la main, heureux de sentir dans les siens ces doigts qu'il avait tant aimé toucher autrefois.

— Sais-tu où Pascal va passer ses vacances cet été ? demanda-t-il à Henri dès qu'ils se furent installés dans la berline.

— Mais, à Granville. Son père, tu le sais peut-être, vient d'être nommée commandant du vaisseau *L'Invincible* et il est parti aux Indes, mais toute la famille Assardière est ici : sa mère, sa tante la veuve de l'Amiral Sartilly et, bien entendu, sa sœur

Éléonore. Tu sais, elle est très jolie sa sœur, elle te plaira sûrement. »

Charles laissa son frère discourir sur les charmes de la jeune fille, il savait maintenant pourquoi Henri et son ami semblaient ne pas craindre de se quitter : c'était tout simplement parce qu'ils étaient sûrs de se revoir. Et lui aussi, Charles, l'était de revoir Pascal, tellement certain que cela lui devenait presque égal, il aimait surtout ce qui n'avait pas de lendemain. Très jolie, Éléonore ? Il se souvenait d'une petite fille accompagnant ses parents aux réceptions intimes chez l'armateur. Il n'avait jamais fait très attention à elle. Pascal, alors, l'eût intéressé davantage. Jolie ? Henri ne devait pas s'y connaître beaucoup. Ce ne serait pas encore elle qui l'inspirerait pour achever le regard de la Vierge !

Henri, tout au long du chemin, ne cessa de raconter les anecdotes amusantes de sa vie de pension, s'interrompant seulement pour faire admirer à son frère telle voiture que l'on croisait, tel cheval à l'allure fière ; il avait la passion des équipages.

Les pensées de Charles étaient ailleurs. Ce retour à la demeure familiale, les études finies, avait été le sien il y avait somme toute peu d'années. Il se rappelait son état d'esprit d'alors, sa joie qu'une époque de sa vie, dépendante, soit close, qu'il puisse enfin vivre un peu par lui-même, surtout peindre. Oh ! Son grand amour ! Créer quelque chose qui vienne de soi et qui vous dépasse, quelque chose que l'on porte en soi, informe encore, et que la main révèle non pas sans doute tel qu'il était idéalement conçu, mais comme le limite l'imperfection d'exister. Peindre, l'esprit plein de rêves magnifiques, de ceux-là qui vous viennent visiter lorsqu'on travaille et s'échappent soudain quand on aurait le loisir d'y rêver !

Charles avait retrouvé sa famille et sa maison, une demeure toute neuve que ses parents avaient fait construire, solide, en granit, à l'emplacement où aurait dû se développer le port de Granville si la Révolution de 1848 n'avait, en changeant les équipes gouvernementales, changé les projets des Travaux Publics et surtout leurs bénéficiaires. Une maison très moderne, immense, que l'on avait meublée de meubles nouveaux, reléguant les anciens au grenier à l'exception de quelques consoles, commodes et tables Louis XV et des portraits de famille qui avaient la permission de demeurer malgré le tort que causait leur élégance aux dernières créations du siècle de l'industrie.

— Que voulez-vous, avait à cette époque rétorqué François d'Haqueville à son beau-père, grand artiste bien que banquier et, de plus, homme de goût, qui lui reprochait de préférer la nouveauté à la beauté, — il faut vivre avec son temps ! Ces meubles que vous admirez en ont remplacé d'autres, eux aussi. Que serait-on devenu si, par respect de l'ancien, on était demeuré au mobilier rudimentaire du Moyen-âge ? Notre siècle, si merveilleux par ses industries, ne peut se contenter du cadre d'un autre âge. Vos fauteuils Louis XV sont beaux, sans doute, mais pour fumer une pipe, rien ne vaut une bergère Louis-Philippe. Ce n'est pas un musée chez moi, mais une maison où l'on vit. Je crois que mes meubles sont faits pour me servir plutôt que pour que je les admire. Un cheval n'est beau que s'il court bien ! »

C'était un réaliste que François d'Haqueville, un Normand de bonne race, fier et habile, tenace et souple, connaissant parfaitement son intérêt, mais capable, parfois, de l'oublier. Un grand capitaine d'industrie, un vrai marin aussi, aimant les navires qu'il armait comme un entraîneur ses poulains. Souvent, le soir, à son balcon, devant la mer profonde des soirs de tempête si fréquentes sur cette côte escarpée, il avait ressenti en lui une immense fierté d'être l'un de ceux qui permettent aux hommes de la dominer, de la faire servir, et, peut-être, le regret de n'être pas comme son frère, le capitaine de vaisseau, qui était, lui, un combattant dans cette grande lutte. Ses fils, peut-être ?...

Mais Charles et Henri ressemblaient, plus qu'à lui, à leur mère. Sophie d'Haqueville paraissait aussi menue, aussi délicate que son mari était grand, robuste et puissant. Elle s'était mariée à dix-sept ans. Pour François, c'était une enfant très douce qu'il aimait, qu'il protégeait, mais sur qui il eût jugé lâche de s'appuyer aux heures difficiles ; une amie très fidèle et très bonne, si confiante dans la vie qu'il ne se fût pas pardonné de ternir, même un instant, la limpide clarté de ses yeux bleus.

Artiste comme son père, Sophie jouait merveilleusement de la harpe et du piano-forte. Elle passait des heures entières dans le grand salon dont les quatre fenêtres s'ouvraient sur l'infini du grand large, interprétant des pages de ses compositeurs favoris : Mozart, Beethoven, Chopin, mais aussi Rossini, Adam…

Elle avait, dès ses premiers essais, encouragé Charles, facilité l'essor de son talent naissant. Près d'elle, il avait trouvé un appui, surtout une compréhension. Il avait cru qu'il en serait de même chez son père. Mais, quelques jours après son retour à la maison, quand, encouragé par son grand-père maternel, il avait parlé à l'armateur de son projet d'aller étudier la peinture à Paris, François d'Haqueville l'avait d'abord regardé avec stupeur, puis avec colère et l'avait renvoyé en lui demandant s'il n'était pas devenu fou. Quelque temps après, il est vrai, à la suite sans doute d'une intervention de sa femme, il l'avait laissé partir, mais en lui disant : « Si tu tiens tant à aller à Paris, vas-y ! Dans quelques années, tu reviendras, plus raisonnable, m'aider dans ma tâche. D'ici là, peins ce que tu voudras, mais ne va pas, surtout, te prendre au sérieux, mon petit : l'art n'est pas un métier, c'est une distraction ! »

Cette phrase d'adieu revenait à la mémoire de Charles alors que la voiture, laissant à gauche le bourg de Saint-Nicolas, s'approchait de Granville. La route était droite et monotone. Si pittoresque vue de la mer ou des falaises de Donville, la vieille cité des corsaires et des terre-neuvas paraissait par ce chemin une quelconque ville de province, pauvre et laide. On n'apercevait ni les hautes murailles, ni, dans les rues tortueuses aux pavés inégaux, les maisons resserrées de la vieille ville, ni la mer immense. Ce n'était encore qu'un faubourg où s'étendait la ville neuve.

Henri interrompit la rêverie de son frère en demandant :

— Je t'ai vu parler au Supérieur. Que t'a-t-il dit de moi ?

— Que tu devrais, selon lui, devenir prêtre, que tout t'y destine. Je pense que ce n'est pas ton avis ? acheva Charles d'un ton ironique.

Mais Henri se contenta de sourire gravement.

— Pourquoi pas ? Cela t'étonnerait, et notre père encore plus. Et moi aussi, au fond. Mais il ne faut jurer de rien. Je suis capable… de tout, même de très bonnes choses. Quant à savoir si j'ai la vocation, cela est une autre histoire. Il paraît que nous l'avons tous, mais que seuls y répondent les plus dignes – Père Supérieur dixit ! – Moi, j'aime trop la terre, sa beauté…

— Et celle de ses filles, interrompit Charles.

— Ou de ses fils… Il est des jours où je me sens plus païen que chrétien. On nous enseigne trop les beautés de la Grèce et de Rome pour ne point nous en laisser une invincible nostalgie et le regret du temps d'Apollon et de Vénus où les enfants qui jouaient dans les ruelles d'Athènes avaient le profil si pur qu'immortalisent les frises du Parthénon. Souvent, j'ai rêvé être un garçon brun jouant presque nu sur les plages de Sicile, sentir sous mes pieds la chaleur rugueuse du sable et sur ma peau la brûlante caresse du soleil, courir, nager, vivre enfin ! Être libre d'avoir un corps et de le savoir, de l'aimer aussi. Notre siècle, vois-tu, est si artificiel ! Autant que les vêtements compliqués et sombres qu'il nous impose et qui nous rendent laids et gauches. La nature seule est belle. Dieu ne nous a pas créés en redingote, il ne peut nous reprocher de trouver trop belle son œuvre. C'est notre civilisation qui est coupable de l'avoir déformée et le geste instinctif d'un enfant ou d'un jeune chat a plus de grâce que celui, étudié, d'une coquette ou d'un chien savant !

Henri avait débuté très sérieusement, avec conviction, avec son âme. Il crut sans doute plus élégant de finir sur une pirouette :

— C'est un joli sermon pour un curé, n'est-ce pas ? acheva-t-il en riant.

Charles regardait, rêveur, le profil si pur du jeune garçon, ses doigts fins qui jouaient avec l'accoudoir de la banquette, ses lèvres dont la grâce appelait les baisers. Sa présence était, mieux que ses paroles, un hymne à la beauté. En artiste, il répondit :

— Peut-être serait-ce le meilleur… »

On arrivait.

II.

Ce fut le secrétaire de l'armateur qui vint leur ouvrir. Le domestique étant sorti, la bonne occupée auprès de Madame, « il n'avait pas voulu laisser attendre Monsieur Charles et Monsieur Henri, il était si heureux de les revoir, si heureux ! Surtout, en si bonne santé ! Pas trop fatigués du voyage ? Pas trop fatigués ? Les routes étaient si mauvaises, si mauvaises !... Monsieur Charles, venant de Paris, devait trouver bien triste, bien provinciale, la petite cité. Non ? Vraiment ? Mais ce n'était qu'une première impression. La vie était si monotone à Granville, si monotone ! »

Il s'empara avec force courbettes des bagages, s'excusant d'une voix doucereuse : « Sans doute allaient-ils trouver le service bien ordinaire… surtout Monsieur Charles, habitué aux maisons de la capitale. Ici, tout était bien simple, bien humble, et lui-même, Achille Vinay, n'était qu'un petit secrétaire, tout dévoué à cet excellent Monsieur d'Haqueville à qui il devait tout, tout, et pour qui il était heureux de travailler malgré les terribles difficultés actuelles, les complications ! Comme Monsieur Charles et Monsieur Henri étaient heureux de ne pas vivre au milieu de tous ces tourments ! Oh ! Il ne leur souhaitait pas, oh ! Non ! D'avoir jamais une tâche comme la sienne ou comme celle de son vénéré maître, oh ! Non ! »

On était arrivé devant le bureau de l'armateur.

— Non, n'entrez pas. Monsieur votre père est en conférence, et il m'a donné l'ordre de ne laisser entrer personne, mais Madame vous attend. »

Henri eut envie d'entrer quand même, mais il n'osa pas risquer de mécontenter son père dont il connaissait l'humeur irascible. Mais, Dieu, que Vinay l'impatientait ! Ses éternels discours, ses obséquieuses protestations de fidélité trop souvent répétées pour que ce ne fût pas sans quelque raison, tout cela lui était insupportable, et surtout la place qu'il semblait avoir prise dans la maison. Ce petit homme au regard fuyant, au nez profondément incurvé, aux lèvres minces, n'était plus le petit commis, l'apprenti secrétaire que les enfants Haqueville avaient connu quelques années auparavant. Il était celui que l'on rencontre le premier en arrivant, de qui dépendent l'ouverture des portes, l'introduction auprès du maître et la distribution des faveurs. Son origine, pourtant était basse : sa mère n'était qu'une simple servante chez les Haqueville, son père, inconnu, sans doute quelque domestique ; mais « la mère Vinay », comme on l'appelait, avait décidé que son fils « arriverait » et le gamin n'étant pas bête, semblant doué pour les études, elle avait persuadé le curé de Granville qu'il « voulait être prêtre ». On lui avait payé ses études jusqu'au jour où, à quinze ans, une place de commis s'était trouvée libre chez l'armateur, le jeune Achille se découvrit un soudain détachement et une indignité certaine de l'état religieux. Il est malaisé de déplaire à ses domestiques, ils sont présents, et Madame d'Haqueville avait obtenu de son mari qu'il prenne le petit. Il y avait trente années de cela.

Peu à peu, il s'était insinué, rendu indispensable. L'armateur l'aimait peu, mais le croyait fidèle. Il me doit tout, pensait-il, et cela le flattait. Mais Henri, non plus que Charles d'ailleurs, n'avait jamais pu le supporter. Il lui eût été difficile de dire pourquoi, c'était un instinct. Enfant, il l'appelait « le vautour ». Achille était aimable pourtant, très aimable ! Trop…

— Les enfants de Madame sont arrivés, dit-il en ouvrant la porte du petit boudoir de Sophie d'Haqueville.

Mais Charles, passant devant lui, était déjà entré. Avait-il besoin de se faire annoncer à sa mère ? Et pourquoi Vinay restait-il planté là comme un piquet ? Il lui ferma la porte au nez. Jamais il n'avait pu comprendre la famille sans l'intimité. Cet individu lui avait gâché, comme sans doute à son frère, des moments délicieux.

Sa mère !... En l'embrassant, elle lui parut frêle, plus délicate que jamais. Elle était assise près de la fenêtre dans un charmant fauteuil Louis XV ; elle n'avait jamais voulu que l'on touchât à l'ameublement de son appartement, comme elle gracieux, élégant et distingué. Elle s'excusa de n'être pas allée au-devant de ses enfants, elle souffrait de migraines terribles. Comme Henri s'inquiétait de cette souffrance, elle répondit :

— Puisque vous êtes là, mes chéris, je crois ne plus souffrir. Ne parlons pas de moi, mais vous, comment avez-vous voyagé ? N'êtes-vous pas trop fatigués ? »

De santé fragile, elle craignait toujours pour les autres ce qui lui était à elle-même pénible. Aux yeux de ses fils, comme pour tous ceux qui la connaissaient bien, elle incarnait la bonté, la compréhension. Elle était du petit nombre de celles qui mettent le bonheur des autres avant le leur, d'instinct, et seraient étonnées qu'on s'en aperçût, peinées peut-être, car il leur semblerait alors manquer le but poursuivi.

On servit le café. Madame d'Haqueville avait une passion pour le café et, sur sa petite table, à l'heure où les Anglais ont coutume de prendre le thé, on était sûr de trouver une cafetière d'argent répandant l'odeur familière et réconfortante du bon café. Ainsi aujourd'hui. Sophie le servit elle-même dans les tasses de porcelaine dorée marquées au chiffre de Louis-Philippe et provenant de quelque vente domaniale. L'air de la mer, âcre et frais, entrait par la fenêtre ouverte au-delà de laquelle on n'apercevait que l'immensité bleue ; cela donnait l'impression d'être sur un navire, un grand vaisseau comme ceux que l'armateur envoyait aux extrémités du monde.

Tandis que sa mère causait avec Henri de la vie de collège qu'elle semblait imaginer faite seulement d'instants studieux ou pieux, Charles rêvait. Il voyait sur l'océan infini voguer la fortune de son père, la sienne, et la mer l'effrayait. Enfant, il l'avait crainte, puis détestée, peut-être à cause du rôle qu'elle jouait dans leur vie à tous ; leurs entreprises dépendaient d'elle comme celles des paysans du temps qu'il faisait. À cause aussi de la place qu'elle tenait dans la pensée, dans le cœur de son père. Un jour, petit garçon, à Monsieur d'Haqueville qui lui reprochait son manque de goût pour la natation et l'aviron, et disait : « la mer, c'est elle qui nous fait vivre », il avait répondu : « la mer, tu la préfères à moi ! »Il n'aurait pu dire ce qui lui avait donné à penser cela, mais ce devait être un sentiment profond en lui pour qu'aujourd'hui, ici, devant cette fenêtre ouverte sur le large, il se le rappelle et l'éprouve de nouveau.

Son désir d'évasion, peut-être, venait de là ; à l'âge d'Henri, il avait rêvé d'être un artiste célèbre, d'être indépendant, de ne plus entendre parler de navires, de mer, d'affaires. Maintenant, il était moins sûr de lui. Sans doute avait-il réussi à Paris, mais plus grâce aux relations de son père, à sa fortune, aux bateaux méprisés, en somme, qu'à son simple talent. Sans doute, même de la part des maîtres les plus désintéressés, les éloges ne lui manquaient pas, ni les encouragements ; il avait une nature d'artiste, et des dons exceptionnels. Mais s'il n'avait été que lui-même, s'en serait-on aperçu ? La gloire qui l'attendait serait moins pure de tout ce qu'il devrait à son nom. Et puis, son œuvre marquait le pas. Sans doute composait-il de petites choses, mais il n'avait plus le courage de beaucoup travailler, la toile de la Vierge restait inachevée. Il eût voulu que le regard de Marie fût sa création et nul visage de femme n'avait encore été digne de l'inspirer. Trouverait-il ici ce qu'il cherchait en vain à Paris ?

— Et toi, mon chéri, quelles nouvelles nous apportes-tu de la capitale ? J'ai lu dans les journaux que les toiles que tu as exposées ont eu du succès. Je m'en entretiens souvent avec

Caroline de l'Assardière, qui est une amie charmante. Nous irons d'ailleurs lui rendre visite dès demain, elle sera heureuse de vous voir, mes enfants. »

En répondant à sa mère, Charles songeait que la famille Assardière ne se laissait pas facilement oublier. Depuis son arrivée en Normandie, il n'entendait parler que d'elle. Il réfléchit un instant et réalisa qu'ils avaient une fille à marier. Cela lui rappela qu'il était riche. Tout d'ailleurs ici le prouvait : le mobilier somptueux et la maison immense, le site grandiose de Granville dans la douceur du soir, cette ville dont les marins vivaient par eux, par leurs navires, et les entrepôts qui s'étendaient loin le long de la mer, prêts à accueillir les marchandises venues des terres lointaines, comme aussi l'indiquait la parfaite ordonnance du dîner servi dans la grande salle à manger aux doubles fenêtres donnant sur la rue Saint-Gaud.

Monsieur d'Haqueville arriva à table alors que le dîner était commencé, il mangea rapidement, l'air préoccupé. Bientôt cependant, il se détendit : tour à tour, il regardait ses deux fils comme pour s'assurer que venait la relève, qu'il ne serait plus seul à porter le poids, chaque jour plus lourd, d'une grosse affaire. À la différence de sa femme, il s'intéressa peu à la peinture de Charles, les études d'Henri l'intéressaient davantage. Il le questionna sur ses derniers examens, le félicita de ses brillants succès. Il regrettait seulement de le voir trop attiré par la culture classique : sans doute, il révérait le grec et le latin, mais les sciences lui semblaient plus utiles, ou le droit, se rappelant le temps où lui-même avait fait son doctorat. Enfin, Dieu devait avoir ses raisons pour lui avoir donné un fils artiste et l'autre passionné par les lettres ! D'ailleurs, Henri était jeune, à dix-neuf ans on peut encore changer d'orientation. L'aîné l'inquiétait davantage : avec quelles dispositions revenait-il de Paris ? Avait-il compris l'importance de sa collaboration à l'affaire, ce que cela représentait de sécurité pour son père ?

Charles, en ce moment, parlait de ses derniers croquis, de ses ébauches ; il espérait, si le temps était favorable, pouvoir peindre la perspective de la haute ville vue des falaises de Donville.

— La maison de Caroline serait un beau sujet aussi, suggéra Madame d'Haqueville, c'est une des plus anciennes et des plus belles demeures de la vieille ville, ou bien celle de sa belle-sœur Adélaïde qui, depuis la mort de son mari, l'amiral, s'est retirée au Manoir. Son fils Basile est en vacances en ce moment, ainsi que sa fille. Madame Sartilly sera ravie de vous connaître, mes enfants, elle aime beaucoup recevoir. Elle est très jeune, je crois qu'elle s'est mariée à seize ans. Son mari était beaucoup plus âgé qu'elle, mais il était amiral ! Elle ne paraît pas vouloir se remarier, sans doute à cause de son fils encore jeune.

— Quel âge a-t-il ? demanda alors Henri.

— Quatorze ans à peine, un charmant enfant blond aux yeux bleus, très nerveux. Sa mère me disait que parfois il lui arrivait de se lever la nuit et de marcher en dormant. Heureusement, aucun de vous n'a été comme cela, vous m'auriez fait peur ! »

Henri laissa sa mère s'engager sur l'inépuisable sujet de leurs mérites en tant que bébés. Madame d'Haqueville avait d'autant plus de facilités de l'évoquer qu'elle ne s'était occupée d'aucun d'eux avant l'âge de quatre ou cinq ans. Même, après la naissance de l'aîné porté immédiatement à la nourrice, lorsque Sophie avait revu son fils le mois suivant, elle ne l'avait pas reconnu et avait soutenu qu'on le lui avait changé. Sans doute n'avait-elle pas imaginé qu'il pût avoir grandi… Cela ne l'empêchait nullement de connaître tous les détails de leur vie de bébé mieux que la personne qui les avait nourris, de même sans doute qu'elle savait exactement ce qui se passait au collège et à Paris.

Paris ! Elle y avait fait plusieurs séjours, ce qui représentait un effort certain et des loisirs étendus. Elle se rappelait y être passée lors de son voyage de noces, en route vers l'Italie. C'était en 1838, il n'y avait pas encore de trains, Louis-Philippe régnait, elle avait dix-huit ans. Le trajet en poste l'avait fatiguée : à l'époque, une jeune personne du monde ne devait pas montrer trop de résistance physique et les vapeurs étaient aussi nécessaires alors à la distinction qu'un siècle plus tard l'habileté à glisser sur des skis. Mais le voyage n'en avait pas été moins charmant : elle, pleine d'un amour enfantin et émerveillé, lui, avec la joie profonde faite du bonheur de l'être aimé, vif et pur comme une aurore. Elle sortait du couvent, il était certain d'être le premier homme qu'elle aimât. Dès avant la fin de ses études, les convenances des deux familles avaient décidé de cette union. François n'avait fait aucune objection : Sophie était une enfant charmante. Son amour pour elle avait été un sentiment puissant, mais volontaire. La connaissant peu, mais déjà la désirant pour épouse, il avait décidé de s'en faire aimer ; il s'était lui-même vite laissé prendre au charme délicat et étrange de cet oiseau des îles. Brune, elle avait les yeux d'un bleu si profond qu'il semblait transparent. Sans doute tenait-elle ce type d'origine hellène de son père le banquier dont les ancêtres, disait-on, étaient grecs ou peut-être Phéniciens établis en Attique. Elle ne ressemblait pas aux blondes normandes et François appréciait cette étrangeté. Comme la famille était ancienne, notable et riche, vraiment il n'y avait aucun obstacle à cette union. Et Sophie avait l'esprit le plus délicat que l'on pût trouver, le cœur le plus aimant. Peut-être son âme d'artiste avait-elle un peu étonné François, mais cela aussi, avec quoi il se sentait peu d'affinités, l'avait attiré. Il devait seulement regretter que ses fils lui ressemblassent : des garçons artistes et rêveurs. Ses ancêtres devaient frémir dans leur tombe ! Dieu savait ce qu'il en adviendrait…

— Charles, je te laisse te reposer un peu, mais après-demain j'aurai à te parler sérieusement de nos affaires dont la situation réclame tous nos soins.

— Et qui mieux que vous, père, pourrait les leur donner ? lui répondit Charles avec une politesse indifférente, les affaires étant un sujet ennuyeux qu'il désirait aborder le plus tard possible.

Tant de choses nouvelles l'attendaient à Granville ! Il était un homme maintenant et ce n'était plus la ville de son enfance qu'il retrouvait. Chaque lieu est fait de couches superposées, chaque âge, chaque milieu social y trouve ses plaisirs, ses occupations. Un jour qu'il demandait à un diplomate autrichien de ses amis, élevé à Vienne jusqu'à l'âge de dix ans, ce qu'était l'atmosphère de cette fameuse cité, Charles s'entendit répondre : « Mon cher, je sais seulement qu'il y a d'excellentes pâtisseries, c'était alors la seule chose qui me paraissait digne d'être remarquée ! »

Oui, Granville avait pour lui une saveur nouvelle. Il y revenait auréolé du prestige de ses succès artistiques, et surtout de son séjour à Paris. Il escomptait un succès fou auprès des jeunes filles de la province. Il pourrait raconter mille anecdotes, dire qu'il avait été reçu aux Tuileries, donner son avis sur la beauté de l'Impératrice, sur l'élégance et la gaieté de la Cour. Il évoquerait aussi ses aventures galantes : les petites provinciales n'ont pas de plus grande joie que d'entendre ceux qui seront un jour leurs maris s'étendre sur les plaisirs du célibat. Et puis, sa position sociale et la fortune de son père lui donnaient une situation privilégiée. À Paris, il avait été un homme du monde ; ici, il était un grand seigneur ; il n'avait pas encore assez d'orgueil pour n'en être point flatté.

— Ce soir, mes pauvres enfants, reposez-vous de bonne heure, vous devez tomber de fatigue, leur dit Madame d'Haqueville dès que le repas fut achevé.

Henri n'était pas de cet avis, mais il n'insista pas quand il vit Charles se ranger sans hésitation au conseil de sa mère ; le voyage de Paris l'avait lassé, mais surtout le retour à la maison. Tant d'impressions se mêlaient en lui qu'il rêvait d'être seul dans sa chambre aux mille souvenirs pour essayer d'en prendre mieux conscience et décider si de tant d'émotions diverses s'élevait la joie ou la tristesse.

— Que je suis heureuse de t'avoir auprès de moi, Charles, je n'ai plus de crainte quand tu es là ! lui dit sa mère en l'embrassant.

Et Henri, le quittant, lui glissa :

— Il faut absolument se faire présenter à la jeune veuve. J'ai hâte de vérifier si le garçon est aussi charmant qu'on le dit. »

III.

La chambre de Charles était la même qu'il avait connue au temps de ses vacances d'adolescent. Ses deux fenêtres s'ouvraient sur la mer… Toujours la mer dont l'odeur saline lui était, certains soirs, insupportable, dont la seule vue, les jours sombres, le faisait frissonner. La mer qu'il dira, un jour, haïr !

Au fond d'une alcôve perdue dans la grande pièce se trouvait un lit Empire en forme de bateau, surmonté d'un ciel de lit de satin rayé blanc et or. C'est là que, souvent, il avait rêvé, la nuit venue, au retour d'ennuyeuses soirées et plus encore au matin nouveau, à cette heure délicieuse où l'esprit est reposé et le corps encore libre de ne pas le trahir par l'action. Oui, ces rêves, il les retrouvait, rêves très simples, pas très différents de la réalité quotidienne, mais simplement débarrassés de ce petit peu de défaut, de contrainte que le réel impose toujours à nos instants les plus agréables. Il avait, avant de vivre, épuisé les possibilités de la vie, en rêvant. Aucun de ses désirs, s'il se réalisait demain, se saurait le surprendre ni lui apporter une impression vraiment nouvelle. Déjà à l'aube ou au déclin de ces nuits, il en avait éprouvé l'achèvement avec moins d'intensité peut-être, avec plus de pureté dans la satisfaction certainement. Ces rêves ne l'avaient cependant pas détourné de l'action ni de cette facilité de créer en songe la beauté, par son art favori, la peinture. Non, la vie, pour lui, était une réalité différente qui avait ses règles, ses lois et que le rêve ne pouvait pas plus gêner qu'aider. Il pouvait seulement faire accepter qu'elle ne lui ressemblât pas. Charles était peut-être un rêveur, il était plus réaliste que ceux qui croient que le réel peut réaliser le rêve. Ainsi n'était-il pas très ambitieux ou, du moins, l'était-il sans conviction, par habitude de classe, de caste. Son art, seul, vraiment l'intéressait ; c'était pour lui la forme d'action la moins lointaine de l'esprit. Pourquoi diable son père voulait-il après-demain lui parler affaires ?

IV.

Et cette nuit-là, Henri rêva qu'il était allongé sur le rivage de quelque Sicile, au soleil de midi, en compagnie d'un jeune garçon aux yeux bleus qui s'appelait Basilio. Il lui récitait des vers de Virgile, et le temps n'existait pas.

CHAPITRE II : Granville

I.

— Monsieur me prie de l'excuser auprès de Madame, mais il ne pourra l'accompagner en visite, ayant un rendez-vous d'affaires important cet après-dîner. »

Certes, Charles ne tenait pas tellement à la présence de son père qui lui rappelait « les affaires », mais il en avait voulu à Vinay d'annoncer ce contretemps avec une grimace de supériorité rentrée au moment où Madame d'Haqueville descendait l'escalier pour gagner sa calèche. Toujours cet homme entre son père et eux ! Mais il cumulait tous les rôles ici : secrétaire, conseiller et valet de pied, c'était trop pour être sans raison.

Sophie ne parut pas surprise, sans doute était-ce habituel ? Et cependant, Charles se souvenait, il n'y avait pas très longtemps, avant son séjour à Paris, son père ne semblait pas si absorbé par ses affaires ; il savait sacrifier aux relations mondaines ou amicales et ne se retranchait pas derrière son travail pour fuir les obligations de la vie. Il pensait que le labeur est fait pour la servir, la rendre plus belle, non pour l'étouffer, car il ne serait plus alors qu'une idole. Avait-il changé… ou étaient-ce les circonstances ?

La calèche où Charles et Henri prirent place face à l'imposante crinoline de leur mère descendit lentement la rue Saint-Gaud, étroite comme toutes les voies granvillaises et en pente raide, puis par le Cours, gagna la Tranchée des Anglais, sorte de faille entre la falaise abrupte venant du village de Donville et le roc imposant sur lequel est bâtie la Haute Ville. Ce rocher, entouré de fortifications puissantes qui avaient résisté victorieusement aux assauts de l'armée vendéenne lors de la Révolution, a grande allure. Il domine de haut la mer farouche qui l'entoure de tous côtés sauf celui d'une étroite bande de terre le reliant par la Tranchée des Anglais au continent. La haute ville qui le couronne semble, avec ses maisons grises en granit, ses couleurs sombres, une cité bretonne évoquant Saint-Malo, mais plus haute, moins terrestre. La région entière a une couleur celtique avec sa côte découpée, ses rochers nus, ses paysages durs. La vieille église Notre-Dame, d'un gothique encore proche du roman, est tout à fait bretonne d'allure avec son aspect de forteresse, ses granits sombres comme le ciel que désigne sa flèche solide.

La calèche s'engagea dans la rue des Juifs, étroite, bordée de maisons serrées les unes contre les autres, pour gagner la vieille porte fortifiée donnant accès à la Haute Ville. La côte était raide et les chevaux allaient au pas. Madame d'Haqueville parlait d'Éléonore.

— Vous ne l'avez pas vue, mes enfants, depuis sa sortie de pension. C'est vraiment une jeune personne accomplie, elle vient d'avoir dix-sept ans, elle dessine agréablement, enfin c'est un des plus beaux partis de Normandie. Charles, tu n'as certainement pas rencontré une plus charmante demoiselle à Paris. »

Celui-ci se demandait si sa mère avait juré de lui rendre, par avance, Mademoiselle de l'Assardière insupportable par ces louanges certainement exagérées. Il regarda son frère qui, visiblement, pensait à autre chose, à son ami Pascal, au Basile inconnu évoqué la nuit précédente, ou tout simplement aux vieilles demeures au passé mystérieux que la Haute Ville entassait entre ses murailles étroites : vieux hôtels de noble allure voisinant avec de sombres masures dont les étroites ouvertures ne laissaient apercevoir que l'obscurité triste de logements délabrés. Sur le seuil, des enfants en loques, sales, parfois jolis, jouaient, se battaient, hurlaient avec l'accent rauque et désagréable des Granvillais. Ce quartier, déjà, commençait à revêtir l'allure sordide qu'il aura au siècle suivant. Mais les aristocratiques hôtels particuliers de la rue Notre-Dame et de la rue Saint-Jean étincelaient alors à côté des bouges et conservaient à l'antique cité une hautaine dignité, insouciante de ses tares puisqu'assez beaux encore pour les dissimuler.

L'hôtel des Assardière était de ceux-là. Toute sa noblesse se résumait dans la parfaite élégance de son portail de bois sculpté. Il ne pouvait s'ouvrir que sur une déception. Non que l'intérieur fût de mauvais goût, mais il y manquait cette simplicité harmonieuse qui caractérisait la façade du dix-septième siècle. Le meilleur y voisinait avec le pire dans une profusion et un entassement que n'eût point dédaigné un antiquaire : les bergères modernes et les sièges Empire d'une lourdeur satisfaite reléguaient dans l'ombre de merveilleux meubles Louis XV. Et tout cela était enfoui sous un amas de coussins, d'étoffes qui témoignaient du triomphe des industries textiles en ce dix-neuvième siècle.

Oui, souvent Charles avait éprouvé cette impression d'insatisfaction en pénétrant dans de belles maisons ; rarement leurs propriétaires savaient apprécier les joyaux qu'ils possédaient et y soumettre leur goût. Il est des lieux qui devraient inspirer ! Mais les chanoines croyaient bien faire, qui couvraient de stuc multicolore les murs des cathédrales.

Les premières minutes, toujours remplies d'exclamations mutuellement sans réponses, de l'accueil, passées, Charles se retrouva sur une curieuse chaise de velours bleu, avec des franges, à côté de son frère. Madame de l'Assardière était d'une amabilité délicieuse et impersonnelle : elle regardait Charles avec intérêt et annonça que sa fille allait bientôt descendre, elle achevait sa leçon de piano. Ce ne fut pas cependant cette jeune personne qui entra la première dans le salon, mais Madame Adélaïde Sartilly, la veuve de l'amiral, frère aîné de Caroline. Elle ne devait avoir dépassé la trentaine que de peu et paraissait plus jeune encore. Plus mondaine que sa belle-sœur, elle semblait se faire un devoir d'attirer à elle tous les hommages masculins, toutes les jalousies féminines du cercle où elle se trouvait. Elle y réussissait parfaitement, sauf sur un point : Madame d'Haqueville avait trop de bonté pour pouvoir être jalouse plus d'un instant, celui où elle l'apercevait.

D'Henri ou d'Adélaïde, qui avait accaparé l'autre d'emblée, Charles ne le sut jamais ; mais ce dont il s'aperçut bientôt, c'est qu'il se trouvait seul en tête à tête avec Pascal, aussi ennuyé et isolé que lui. Sophie conversait confidentiellement avec Caroline, Henri et Adélaïde faisaient assaut d'esprit et d'amabilités. Pascal semblait aussi étonné que Charles : sa tante, évidemment, dépassait son entendement et peut-être aussi son ami, il ne savait pas Henri si profondément homme du monde, Charles non plus, d'ailleurs. Mais ce dernier se souvint bientôt qu'Adélaïde était la mère de ce Basile dont on avait parlé hier ; les avances d'Henri n'étaient pas gratuites. Cela lui rappela que, lui aussi, il avait eu des pensées du même ordre : la compagnie de Pascal le faisait souvenir de son premier amour, tout platonique. Sans doute le jeune Assardière ne s'était-il pas aperçu alors que l'on faisait attention à lui, cela sans doute valait mieux ; en le voyant aujourd'hui, Charles n'avait ainsi rien à se reprocher. Peut-être seulement regrettait-il de l'avoir revu ; il avait conservé jusqu'ici une autre image que son âme pouvait aimer. Maintenant, c'était fini, le nouveau visage avait détruit l'ancien. Sans doute Pascal était-il beau encore, mais, à la bondissante spontanéité, à la joyeuse insouciance d'un jeune garçon avait succédé cet ennui qu'est un homme. Entre Charles et lui, il n'y avait plus d'autre intimité que celle de leurs familles.

Décidément, Henri avait peut-être raison de viser Basile… Mais qui visait Adélaïde ? Elle riait des précieuses fantaisies d'Henri, s'amusait de rivaliser avec lui de charme, mais c'était Charles qu'elle regardait. Il ne s'en était pas tout de suite aperçu, mais l'attention qu'on lui portait était trop marquée pour qu'il pût l'ignorer toujours. Certes, il n'avait pas compté sur ce genre de succès. Décidément, il ne reconnaissait pas Granville. Son séjour s'annonçait curieusement… Ce n'était pas là qu'il découvrirait le visage idéal de la Vierge qu'il cherchait comme d'autres le Saint-Graal.

Éléonore fit son entrée le plus discrètement du monde, c'est-à-dire que chacun remarqua son arrivée et qu'elle aurait souhaité, avec la modestie de son état, que cela ne fût point.

— Charles-Bonaventure d'Haqueville, qui, de polytechnicien résigné, devint peintre enthousiaste !

Cette présentation que Boileau n'eût point désavouée permit à l'intéressé de se ressaisir. La soudaine apparition d'Éléonore l'avait, comme disait le langage d'alors, frappé de stupeur et ébloui. Tout ce qui n'était pas elle avait à l'instant disparu, et elle-même dans un rêve. Ce n'était plus Éléonore qu'il avait devant lui, mais cette forme, cette expression unique de pureté et de beauté qu'il avait jusqu'alors vainement cherchée, ce visage dont les qualités, qu'il n'avait pu saisir encore en une synthèse vivante, depuis si longtemps le hantaient. Son rêve le plus aimé prenait une forme humaine en cette vision d'une grâce divine. Le visage de la Vierge maintenant était achevé, il ne lui restait plus qu'à le peindre.

Mademoiselle de l'Assardière s'assit modestement à l'ombre de sa mère. Plus calme maintenant, Charles pouvait l'observer mieux. Son visage avait la courbe parfaite de ceux des madones du *Quattrocento,* mais un sourire si jeune l'illuminait qu'il ressemblait plus encore à celui des enfants, une enfant délicieuse costumée en demoiselle, dont les cheveux dorés avaient des reflets sombres contrastant avec la transparence infinie de ses yeux d'un bleu aussi clair que celui des mers étincelant au soleil de midi. Le moindre de ses gestes avait une grâce si neuve qu'elle semblait l'ignorer encore et que Charles doutait si, jusqu'alors, il n'avait jamais connu la beauté. Que lui important à présent les regards de Madame Sartilly, ni qu'elle ait réussi à l'annexer à son cercle aux côtés de son frère ? Il regardait Éléonore que les convenances ne lui permettaient pas encore d'aborder, de même que tout à l'heure Adélaïde le regardait, répondant à Henri, et qu'Henri songeait à Basile, causant avec sa mère. « Rien ne ressemble plus à l'amitié que ces liaisons que l'intérêt de notre amour nous fait cultiver », a écrit quelque jour La Bruyère.

Charles sentait que sa mère l'observait ; espérait-elle que « le plus beau parti de la région », comme elle venait de le dire, plairait à son fils ? Chose rare en cette matière, elle aurait son fils pour allié. Qu'on lui destinât ou non Éléonore, il saurait bien la conquérir.

En quittant l'hôtel de l'Assardière, Charles eut la satisfaction de constater que toutes les personnes présentes étaient invitées par Madame Sartilly à venir la semaine prochaine au Manoir. Il reverrait Éléonore et Henri ferait la connaissance de Basile. Chacun était comblé, même Madame d'Haqueville qui se félicitait hautement de l'hospitalité de Caroline et en secret que Charles ne paraisse pas insensible aux attraits d'Éléonore. Ce mariage eût comblé tous ses vœux : les deux familles étaient anciennes, bien considérées et riches. De plus, Caroline et Sophie se connaissaient depuis l'enfance et leur amitié était, au moins de la part de Madame d'Haqueville, sincère. Le commandant de l'Assardière était un homme fort estimé et dont la carrière était brillante ; sans doute pouvait-on lui reprocher un orgueil qui, même aux yeux de ceux de son monde, paraissait excessif ; il joignait à la fierté de sa race la morgue fréquente chez les officiers de marine. Mais qu'aurait-il pu reprocher à la famille de l'armateur ? Le frère de celui-ci était capitaine de vaisseau dans la flotte impériale et si, parmi ses ancêtres, il dénombrait moins de grands marins, il comptait en revanche d'honorables magistrats du roi et d'importants propriétaires terriens. Un château, sans doute, vaut bien un hôtel. Sophie d'Haqueville, elle, descendait d'une famille puissante de banquiers, dignes successeurs des marchands grecs, qui fondèrent, dit-on, ce commerce sur les rivages normands. Famille de banquiers que leur honnêteté avait failli ruiner : c'était en 1848, elle s'en souvenait comme d'hier, bien qu'il y eut plus de dix-huit ans de cela. Le bruit de la révolution parisienne et des émeutes sociales qui l'avaient suivie avait retenti, amplifié démesurément, dans cette partie de Normandie. Les clients de la banque s'étaient précipités aux guichets, craignant un blocage des comptes ou quelque manipulation monétaire d'autant plus redoutée qu'elles étaient alors moins fréquentes. L'encaisse de la banque, quoique bien supérieure à celle que l'on admet comme couverture normale du découvert, se révéla, comme prévu, insuffisante. Monsieur J. aurait pu fermer ses guichets, n'ayant plus une pièce d'or en caisse, mais de braves gens risquaient de perdre des sommes relativement modestes qui constituaient toute leur fortune. L'honnêteté du banquier ne l'admit pas et il employa sa fortune personnelle à les rembourser. À ce jeu, il frôla de très près la ruine. S'il l'évita, grâce à l'importance de ses biens immeubles, il dut renoncer à l'espoir de renflouer la banque. Il se retira bientôt, ne conservant de sa puissance passée que beaucoup de considération et la reconnaissance fidèle d'une nièce orpheline que sa femme et lui avaient élevée. Toute la dot qu'il lui avait constituée était déposée à la banque ; lorsque celle-ci « sauta », la jeune fille crut à la perte de son peu de fortune. Sa surprise fut grande de voir celle-ci lui être donnée à sa majorité par celui qui lui avait servi de père, comme si rien ne s'était passé. Après l'effondrement de sa banque, Monsieur J. avait quitté Granville et était parti chez des amis à Beuzeval, charmant village normand, où il avait habité un vieux moulin sur le Drochon. Le site lui plut tellement qu'il dépensa le reste de sa fortune à y lancer une station balnéaire. Ce fut Houlgate, œuvre de son goût très sûr d'artiste et de son amour des rivages normands.

Mais, en partant, il avait laissé à son petit-fils Charles son amour des arts, et à Henri celui de la beauté des êtres. Il avait, comme son petit-fils maintenant, l'amour de la culture classique, et la Grèce et Rome étaient les lieux où demeuraient ses rêves. Il avait, plus qu'aucun autre, admiré les *Orientales* de Victor Hugo, aimé *L'Enfant Grec, l'enfant aux yeux bleus,* bleus comme ceux de son petit-fils. Il n'avait pas eu de fils et l'avait beaucoup regretté, estimant que jamais la beauté des filles, que l'on s'efforce de travailler, d'améliorer, n'est aussi franche, aussi pure, aussi noble que celle des garçons et que les gestes de ceux-ci ont une élégance naturelle, une forme plastique qu'il jugeait supérieure. Surtout, il admirait qu'ils puissent être beaux sans le savoir ou, du moins, sans y penser.

Et les soirs d'été, sur la terrasse de la maison qu'il venait de faire construire tout près de la mer, dans ce Houlgate naissant, sa création, alors que la brise chargée de sel amenait les parfums des rivages lointains, il se prenait à rêver à ses ancêtres grecs ou phéniciens. Eux aussi sans doute, au seuil de leurs villas, avaient contemplé l'immensité bleue, mais le ciel sur leur tête était plus limpide, le soleil se couchait plus radieux et les enfants qui jouaient sur leurs plages étaient nus, comme une offrande aux dieux pour lesquels il n'est pas d'encens plus pur que la Beauté. Et si le Beau est éternellement jeune, la jeunesse n'est-elle pas sa plus vivante expression ? Celle où il se réalise sans se matérialiser, où il prend corps et n'est que forme et esprit ? L'esprit de la création ! L'enfant plus que tout autre en est proche et, d'elle, sa beauté jaillit comme Aphrodite de l'écume océane, merveilleusement nouvelle ! Et l'éclat si intense des yeux d'un jeune garçon, ces yeux pleins de prières, aussi remplis d'amour insoupçonné que l'oiseau de chansons, rend aveugle aux splendeurs moins neuves, aux charmes moins involontaires.

Ainsi, l'ancien banquier rêvait-il d'un monde plus naturel et plus libre, et ses pensées, son petit-fils, sans s'en rendre bien compte, les avait retrouvées ; mais son amour de la beauté n'était pas encore résigné à ne la trouver parfaite qu'en son cœur ; il la cherchait encore parmi les enfants des hommes.

En ce moment, tandis que le retour s'achevait vers la maison de la rue Saint-Gaud, il se félicitait de l'emploi de son après-midi. Il n'avait pas vu le fils, cela valait sans doute mieux, il avait pu s'occuper sans réserve de la mère. Adélaïde, d'ailleurs, était charmante, mais Henri devait bien convenir qu'il ne lui eût accordé qu'une attention de convenance mondaine si elle n'avait pas été la mère de ce Basile tant vanté. Quoi qu'il en soit, il n'avait aucune peine à être charmant avec elle. D'un naturel communicatif et brillant, il aimait plaire. Il avait la conviction d'avoir réussi. Sans doute, Madame Sartilly ne s'était-elle pas occupée uniquement de lui. Il ne lui avait pas échappé qu'elle regardait souvent Charles, mais cela lui important peu… au contraire ! Ce n'était pas la conquête d'Adélaïde qu'il projetait : il souhaitait seulement lui être assez agréable pour devenir un familier de la maison, et de son fils. Il est vrai qu'elle avait aussi une fille, Corinne, âgée de quinze ou seize ans ; elle était au couvent, mais l'été allait l'en faire revenir. Penserait-elle à moi pour sa fille ? Se demanda Henri avec inquiétude. Ce serait à la fois une déception — il ne lui déplaisait pas d'avoir été remarqué d'Adélaïde — et une difficulté. À la réflexion, il trouva la situation plutôt comique : que lui importait d'être reçu au Manoir comme ami de Madame ou comme soupirant de Mademoiselle ? Il ne recherchait qu'une amitié, celle précisément qu'on ne lui offrait pas ! Il souhaitait seulement que Corinne ne devienne pas amoureuse de lui, car l'amour est jaloux, et parfois perspicace. Elle risquait d'interpréter mieux que sa mère ses assiduités. Qu'importe ? Cette situation fournissait un alibi. Aux yeux de tous, le seul hors de cause, évidemment, serait Basile. Décidément, cela devenait amusant.

— Henri, que penses-tu d'Éléonore ? lui demanda Charles quand, de retour à la maison, ils furent seuls dans le petit salon du premier étage.

Il ne pouvait évidemment supposer que son frère ne l'ait pas remarquée. À dire vrai, celui-ci l'avait trouvée très jolie, très belle même.

— À ta place, je l'adorerais. Elle a la beauté de Vénus et le calme de Minerve.

— Il est vrai, dit Charles en souriant, que tu préfères les charmes d'Hyacinthe ou d'Alexis. Je te félicite d'avoir entrepris d'abord la conquête de celle qui jouera, en somme, le rôle de belle-mère. Je me demande ce que penserait le Père Supérieur de ton attitude. Y aurait-il encore une preuve que rien d'humain ne saurait te contenter pour la raison qu'un enfant est ce que la terre a de plus proche du ciel ?

— Peut-être… et il n'est pas certain que ce soit faux ! Ce que j'aime dans les enfants, c'est l'impossibilité où ils sont d'épuiser l'amour : ils sont le désir, sans complément, le plaisir sans regret et sans satisfaction. Il est dans leur essence même d'échapper et les aimer est une quête perpétuelle où le plus inaccessible est le plus beau, et leur pureté, consciente ou pas, est à la fois ce qui nous fait hésiter à leur seuil comme Faust à celui de Marguerite, et désirer violemment pénétrer dans le jardin clos de leur cœur, respirer le parfum si pur de leur jeunesse. Et c'est peut-être le mirage le plus certain, car il est des charmes si fragiles qu'un étranger qui les goûte les détruit comme l'image de Narcisse meurt dans son baiser !

— Tu préfères l'infini du désir aux bornes de la possession, c'est peut-être le prélude à la béatitude céleste. Mais permets-moi de préférer des rêves plus simples. Éléonore ne disparaîtra pas comme ton jeune grec dans un baiser !

— Nous n'en sommes ni l'un ni l'autre au baiser. Il est vrai que nous pouvons tout espérer, n'ayant rien entrepris, mais il me semble prudent de limiter nos objectifs lors de la visite au Manoir. Et je te conseille ma tactique : commencer par les accessoires, c'est-à-dire par la famille, et finir par le principal, sinon on ne s'occupe que de lui… et c'est toujours imprudent !

— À ce jeu, ne crains-tu pas, mon cher Henri, de te laisser prendre, d'oublier l'essentiel et de tomber amoureux d'Adélaïde ou de Corinne ?

— Et toi de Basile ? N'aie aucune crainte à ce sujet. Il me suffira de le paraître. Non, la seule chose à redouter est que je donne si bien le change que tout Granville — on va très vite en province ! – tout Granville, donc, me désigne comme l'amant de Madame Sartilly ou le prétendant de sa fille. Cela me mettrait dans une position assez délicate…

— Surtout si tu n'arrives pas à persuader les intéressées de la supériorité du désir sur la possession. Il serait curieux d'épouser la fille par amour du fils…

— Méfie-toi aussi, riposta Henri, de n'avoir pas à épouser la tante de « l'objet de ta flamme ». Elle me semblait pour toi n'avoir point de rigueurs, comme disent les poètes. Pour un amour que nous cherchons, il en est plusieurs à éviter, et ce n'est peut-être pas le plus facile de notre tâche !

— Ni le plus agréable », acheva Charles en s'approchant de la fenêtre ouverte.

Le ciel s'était subitement couvert. Il y aurait une tempête cette nuit. De lourds nuages aux reflets métalliques laissaient seulement filtrer quelques rayons de soleil pâli. Henri se rappelait ces vers dont il avait oublié l'auteur, et dont il n'était pas sûr qu'ils ne fussent pas de son invention, ou sortis d'une prière :

Mais quels que soient les nuages, derrière leur nappe grise,
Le soleil éternel brille d'un très pur éclat.

Qu'importe l'imperfection des hommes ! Empêche-t-elle Dieu d'être aussi grand, aussi pur ? Et la beauté est-elle moins belle parce que les êtres qui l'expriment sont rares ? De nouveau, il ressentait la vanité des actions humaines. Jamais le créé n'emplira l'infini. Pouvait-il s'empêcher de se souvenir des cieux ?

L'atmosphère devenait irrespirable, l'air immobile semblait craindre l'orage. La mer était noire et frissonnait, les mouettes n'osaient plus s'élever. Toute chose était anxieuse. Et l'éclair survint, comblant l'attente du ciel lourd, et ce fut l'embrasement. Le feu réunissait les nuages et la mer, le vent s'était levé en tourbillons rapides, inconstants et furieux ; l'air, tout d'un coup, était devenu frais, un parfum d'humidité froide s'élevait de la mer et de la terre que l'eau du ciel confondait dans un même brouillard. La vie, dans la tempête, semblait renaître et les corps, menacés peut-être, se sentaient plus libres ; le ciel faisait oublier la terre.

— Quel tableau grandiose ! Admirait Charles.

Mais le sentiment d'Henri était plus profond. Ce déchaînement des éléments communiait à sa vitalité intense et l'exaltait. « Il n'est de recherche valable que de Dieu ! » Ces mots spontanément montèrent à ses lèvres.

II.

L'orage s'amplifia pendant le dîner et la tempête redoubla de violence la nuit venue. Monsieur d'Haqueville avait été d'humeur sombre toute la soirée, un ouragan de cette force effraie toujours un marin et ses navires étaient nombreux sur la mer ; l'un d'entre eux pouvait être pris dans ce déchaînement qui ne devait pas être seulement local. Peut-être l'un de ses capitaines était-il, à cette heure, en lutte contre le naufrage ? Plus qu'à la perte matérielle pouvant en résulter, François d'Haqueville songeait au péril qu'affrontaient peut-être ses hommes alors qu'il était abrité par les murs de granit de sa solide demeure. L'indifférence de ses fils le troublait, Henri et Charles semblaient heureux. À quoi rêvaient-ils ? À leurs amours ? N'étaient-ils pas d'une race de marins ? Pouvaient-ils à ce point l'oublier, renier un passé de gloire et de dangers affrontés, rester insensibles au destin des batailles de la mer, ne pas sentir vibrer leur cœur des mêmes émotions que ceux de leurs capitaines, ne pas aimer leurs navires ?

Par contraste, il évoquait son frère Hippolyte, capitaine de vaisseau dans la flotte de l'Empereur. Celui-là aimait la mer d'un amour profond. Il ne concevait la vie qu'à bord de son beau vaisseau de ligne. À terre, il était un étranger, un « touriste » avant la lettre. Il s'amusait le plus et le mieux possible, sachant bien qu'il lui fallait se contenter de plaisirs, n'ayant pas le loisir du bonheur, ou peut-être, l'ayant déjà trouvé dans cette rencontre rare, que l'on nomme vocation, entre les aptitudes et les circonstances.

Hippolyte ! C'était le cadet de François. Assez différent physiquement, moins grand, moins fort, il avait une allure plus aristocratique, plus délicate ; sa mise toujours très soignée — à terre, il était le plus souvent en civil — lui donnait des allures de dandy qu'accentuait son regard froid et distant de gentleman britannique. Une bonne peinture faite de lui aux environs de la quarantaine le montre très brun avec des cheveux bouclés, des favoris très nets ; un jabot de dentelle contraste avec un habit noir, l'ensemble est élégant et hautain ; les yeux sombres ont quelque chose de glacial et de séduisant à la fois, les lèvres sont méprisantes. Il n'a rien de la cordialité qui imprègne les traits de son frère. Il ne semble pas avoir non plus sa force tranquille, sa bonté volontaire, sa franchise naturelle.

Il ne s'était pas marié. Ses apparitions à Granville étaient rares, entre deux périples. Il venait alors toujours voir son frère et restait quelques jours rue Saint-Gaud. Il semblait s'y plaire davantage qu'à la campagne dans sa propriété solitaire. Pourtant son affection pour François ne paraissait pas très vive ; parfois même celui-ci avait soupçonné son cadet de le jalouser à cause de sa fortune plus grande, à cause peut-être de l'entente parfaite qui régnait dans son ménage et qui lui faisait regretter sa vie errante et son isolement. Peut-être ? Mais François pensait que ce n'était qu'impression fausse de sa part. Il avait toujours eu pour Hippolyte, de quelques années plus jeune, une très profonde affection, toujours il l'avait aidé, souvent il réglé ses dettes lorsque, jeune officier, encore dépourvu de l'héritage paternel, sa solde ne suffisait pas à payer ses dépenses un peu folles comme il sied à un marin qui doit gaspiller beaucoup d'argent en peu de temps pour faire de ces instants passés à terre assez de souvenirs pour distraire l'ennui des longs mois sur l'océan.

Quelque étrange que lui semblât parfois ce frère très aimé, François d'Haqueville eut désiré en ces circonstances l'avoir à ses côtés, s'appuyer sur lui en qui il reconnaissait la véritable tradition familiale faite d'amour de la mer, d'esprit de décision, de dévouement à l'intérêt commun, qu'il ne retrouvait pas en ses fils. Hippolyte devait, dans le courant de l'été, passer à Granville, revenant du Mexique. Il lui parlerait de ses soucis s'il ne parvenait pas à les faire comprendre à Charles. Il pardonnait la légèreté aux dix-neuf ans d'Henri, mais l'aîné avait le devoir de comprendre…

III.

Charles avait eu de la peine à s'endormir tant le vent faisait rage et le bruit des flots était assourdissant. Le déchaînement des éléments était tel que son esprit n'avait même pas eu assez de calme pour rêver d'Éléonore. Il s'était abandonné à ce tumulte qui résonnait douloureusement dans son corps très sensible et la fatigue qu'il en ressentait avait enfin amené le sommeil quelques heures auparavant.

Maintenant, des bruits confus le réveillaient ; on frappait à sa porte. Il regarda la fenêtre, la nuit n'était pas même achevée. Il se leva d'un bond, tremblant du choc de son réveil brutal, il avait froid. C'était Henri.

— Viens nous aider ! La mer a envahi les quais et nos caves, il y a des marchandises à sauver. C'est notre père qui s'en est aperçu le premier, il ne dormait pas, moi non plus ou presque. Dépêche-toi !

Henri semblait plus excité qu'ennuyé. Sa robuste constitution ne s'effrayait pas du froid de ce réveil nocturne dans la tempête, et son naturel optimiste lui faisait considérer d'abord toute difficulté comme un jeu nouveau. Mais Charles devait faire un effort considérable pour retrouver son calme, son sang-froid et ses esprits. Sans doute son âme voyageait-elle très loin de son corps durant le sommeil puisqu'elle ne parvenait que difficilement à le rejoindre lors d'un réveil brusque.

Il descendit en grelottant au sous-sol, vaguement éclairé par une petite lanterne que tenait son frère. Une odeur d'humidité saline le saisit à la gorge, il frissonna. Et l'on aurait voulu qu'il aimât la mer ! Était-ce vivre que demeurer sous la menace perpétuelle d'un élément contre lequel on ne pouvait rien ? Cela lui rappela que, demain, son père voulait lui parler de l'affaire. Quel prélude à une symphonie maritime !

La cave avait été envahie par l'eau de mer qui menaçait de briser les tonneaux de vieux Porto, de Bourgogne vénérable, qui, déjà, partaient à la dérive. Le domestique, aidé de Monsieur d'Haqueville, puis d'Henri très vite accouru dans la mêlée, essayait, avec de l'eau jusqu'aux genoux, de sauver ce qui pouvait l'être encore. Charles se joignit à leurs efforts à contrecœur, il avait froid. Sa santé, bien qu'excellente, était délicate et son éducation, comme celle de la plupart de ses contemporains, ne l'avait pas préparé à l'effort physique. Qu'importaient, à ses yeux, quelques barils, quelques caisses même remplies d'objets précieux ? Qu'on laisse donc la mer emporter tout cela ! N'avait-on pas assez sans ces réserves ? N'était-on pas assez riche ? Décidément, il n'avait pas le sens du commerce !

Vinay, qui logeait dans un petit appartement contigu à la propriété, était accouru dès que l'essentiel avait été fait. Il s'évertuait, se répandait en exclamations variées et de tonalité lamentable comme s'il se fût appelé Jérémie au lieu d'Achille, mais pratiquement, il ne faisait rien à peu près comme Charles, mais sans doute pas pour la même raison. Cette commune abstention, un instant, les rapprocha.

— Quelle catastrophe ! Voyez-vous, Monsieur Charles, ce sont les dangers de la mer. N'importe qui ne peut s'improviser marin, ni même s'occuper des choses de la mer. Il faut beaucoup de courage, de ténacité, de résistance physique aussi. Voyez-vous, Monsieur votre père est un homme admirable, il a usé sa vie pour son entreprise. Tant de soucis l'accablent dont je prends ma part, bien modeste. Je voudrais tant qu'il puisse un peu se reposer ! Ah ! Monsieur Charles, quelle lourde charge ! Comme je vous plains d'avoir à continuer cette affaire un jour ! Et surtout un artiste comme vous ! Une fois pris par les soucis de l'armement, on ne peut plus songer à faire quoi que ce soit d'autre. Quel dommage de briser une si belle carrière artistique ! Enfin, s'il le faut, c'est ce que me disait encore hier Monsieur l'armateur, « le fils doit continuer l'œuvre de son père », c'est bien normal. Et vous savez, ajouta-t-il d'un air convaincu, je serai toujours votre plus dévoué serviteur. J'essaierai de vous simplifier la tâche, mais ce ne sera pas facile… pas facile… c'est une affaire si compliquée ! Il faut un travail assidu.

— Je vous remercie, Achille, je sais que je puis compter sur vous, mais nous n'en sommes pas encore là et cela est affaire entre mon père et moi ! »

L'attitude de Vinay, décidément, exaspérait Charles. Qu'avait-il toujours besoin de s'interposer entre Monsieur d'Haqueville et lui ? Pourquoi aussi l'armateur mettait-il son secrétaire au courant de tous ses projets bien avant son fils ? Ainsi, d'avance, il connaissait ce que son père allait lui dire demain. Déjà, on le considérait comme un employé de la maison, un collègue de Vinay. Celui-ci se proposait de lui aplanir les difficultés, c'était un comble ! Dépendre de cet individu qui avait l'hypocrisie de le plaindre ! Vivre à ses côtés dans un bureau, sous ses ordres peut-être, non, merci ! Quelle rage avait-on de disposer de lui sans le consulter ? On espérait le placer devant un fait accompli, on allait voir !

Il remonta se coucher. Être au chaud pendant que les autres s'enrhumaient dans la cave lui parut un début de vengeance satisfaisant. Et il apaisa sa conscience en se disant que le travail était presque terminé : l'arrivée de Vinay en était une preuve suffisante.

IV.

François d'Haqueville était assis à son bureau, un meuble empire, massif et richement orné. Par les deux grandes fenêtres, il apercevait le rocher du Cap Lihou, le phare nouvellement construit, la flèche de Notre-Dame, les remparts tristes, toute une cité maritime qu'il avait passionnément aimée : Granville, sa patrie !

Et cependant sa jeunesse avait eu un autre cadre, ses vacances de collégien s'étaient, le plus souvent, passées dans le petit château que sa famille possédait près de Vire. Son frère et lui y avaient mené une existence libre et heureuse. Le peu de vie naturelle qui subsistait à cette époque s'était réfugié aux champs et les deux garçons, largement, en avaient profité.

Après son mariage, François avait été nommé magistrat à Vire et s'était installé dans la propriété toute proche ; les jours d'audience, à cheval, il gagnait le Tribunal. Ils avaient des amis charmants. Sophie goûtait beaucoup la poésie de la campagne et la vieille demeure du dix-huitième siècle était délicieuse.

Ils étaient heureux, simplement !

Cela avait duré quelques années, et puis son père, fatigué, lui avait demandé de le remplacer à la tête de ses entre prises, seul puisque le cadet était officier. Et le père de Sophie, le banquier, lui avait fait entrevoir tout le développement qu'il pourrait donner à l'affaire avec les crédits qu'il lui accorderait. Et cela l'avait décidé, mais il n'avait pas dit adieu à son existence paisible de magistrat sans beaucoup de regret et un peu de crainte. Sophie lui avait dit : « Tu ne seras plus à moi comme maintenant, nous n'aurons plus jamais notre paix d'aujourd'hui. » « Peut-être, avait-il répondu, mais nos fils auront une existence plus belle. La magistrature, c'est être retraité toute sa vie, les enfants paient. »

Et, pour eux, on avait accepté ce déchirement… le premier. François se rappelait encore, comme d'hier, la dernière soirée passée avec sa femme au château. La main dans la main, ils avaient parcouru tous les appartements dans lesquels ils ne vivraient plus désormais, où ils ne seraient jamais plus que des hôtes de passage, où le souvenir de leurs jours heureux ne revivrait plus chaque matin dans leur présence habituelle. Sophie avait pleuré.

À Granville, d'abord, ils s'étaient sentis étrangers : ils habitaient chez leurs parents en attendant que se construise la grande maison qui devait les abriter. Et François, courageusement, s'était mis à l'ouvrage. Les résultats avaient suivi ses efforts. Puissamment aidé par la banque de son beau-père, il avait donné à l'entreprise paternelle un essor nouveau que d'aucuns jugèrent exagéré, mais qui lui permit de moderniser sa flotte, de construire de nouveaux entrepôts, d'achever sa demeure plus luxueusement encore qu'il ne l'avait rêvé, d'intéresser à l'avenir de Granville le Roi lui-même. Louis-Philippe fut bientôt acquis à l'idée de faire du centre normand des terre-neuvas un grand port. Une jetée devait, partant de Roche-Gautier, couvrir toute la rade et donner à celle-ci un accès direct à la haute mer afin que les navires n'aient pas à virer de bord, opération toujours délicate avec un voilier et dangereuse par gros temps. Déjà les quais, devant la maison Haqueville, se construisaient. Les rêves les plus fous étaient plus que réalisables, déjà ils se réalisaient. Et la Révolution de 1848 était venue. Changement d'équipe, changement de programme ; le plan d'aménagement de Granville alla mourir de vieillesse et d'ennui dans les cartons d'un ministère. Et comme un malheur est rarement isolé, la panique créée par l'émeute parisienne avait amené l'effondrement, héroïque sans doute, mais total de la banque J…

De ces jours-là aussi, François n'avait nulle peine à se souvenir. *« Dies magna et amara valde »*[1] Oui, ce furent des heures amères où, bien souvent, il regretta le calme de son Tribunal poussiéreux. Mais sa femme, alors, s'était montrée admirable comme si ces questions d'intérêt ne la touchaient aucunement. Que lui importaient des difficultés certainement passagères ? Qu'avait-on besoin d'une immense fortune ? Celle dont on avait joui jusqu'alors ne suffisait-elle pas ? Et même si, quelque jour, on devait restreindre son train de vie, quelle importance cela avait-il ? Déjà Madame d'Haqueville se résignait à n'avoir qu'une bonne, comme les gens du commun.

Fort heureusement la situation se rétablit assez rapidement et ce sacrifice héroïque ne fut pas exigé d'elle.

Et la vie avait continué, aussi large, mais l'espoir d'être une des grosses fortunes de France était évanoui à jamais. Cela n'avait été une déception que pour François ; ni sa femme ni ses enfants très jeunes n'avaient perçu le moindre changement. Et depuis lors, tous les soucis, toutes les difficultés avaient été pour lui seul. Aujourd'hui, au moment d'exposer la situation à son fils, il se demandait s'il avait eu raison de laisser ses garçons vivre une vie si étrangère à ses propres préoccupations. Ce n'était pas l'usage de son époque de faire partager aux enfants les soucis de leur père ; on ne les considérait comme capables de comprendre que très tard, quand ils ne le voulaient plus, précisément. En serait-il de même pour son fils aîné ?

— Achille, avez-vous dit à Monsieur Charles de venir me parler ? »

---

[1] « Grand jour très amer » : extrait de la prière latine « Libera me ».

V.

Les ennuis n'arrivent jamais en retard, mais Charles s'attendait à celui-là. L'incident de cette nuit avait confirmé ses appréhensions, fortifié ses résolutions. On voulait enfermer sa vie dans les bureaux de l'affaire, les confidences de Vinay ne lui laissaient plus de doute, pas plus que ne lui en laissait, sur son propre amour des choses de la mer et du commerce, son attitude de cette nuit. Il avait senti se réveiller en lui toutes les craintes de son enfance, tous les mépris de sa jeunesse. Non, la vie valait mieux que d'être asservi à de pareils objets !

Et puis, Vinay n'avait peut-être pas tort, qui disait le travail de l'entreprise trop absorbant pour s'en pouvoir, ne serait-ce que quelques moments, abstraire… Que deviendraient alors les dons artistiques qu'il portait en lui ? Laisserait-il ses œuvres inachevées ? Sa toile la plus chère serait-elle abandonnée, laissée incomplète, au moment même où une vision divine lui en montrait le modèle, aimé au-delà de tant d'autres ? Sacrifierait-il aussi Éléonore ? Lui faudrait-il être, comme son père, absent de toutes les réunions mondaines ? Ne sortir presque jamais, être, au long des heures, assis devant la même table, compulsant des dossiers semblables, écrivant les mêmes réponses ? Lui faudrait-il n'avoir que très peu de vacances, être fixé à jamais à cette ville qu'il n'aimait pas, qu'il trouvait sale et mal bâtie, dont le climat très rude le faisait souffrir ? Devrait-il renoncer à ses séjours à Paris, cet incomparable foyer d'art et de vie mondaine, à ceux plus calmes, mais combien délicieux sur les côtes méditerranéennes où il trouvait le climat qui convenait le mieux à son tempérament nerveux et délicat ? Seraient-elles finies ces rêveries au clair de lune dans les jardins de Nice, ces repos accablés au soleil de midi, ces heures enthousiasmantes où il peignait quelque coin ignoré du rivage avec un voluptueux amour ? Devrait-il, à tout cela qui avait, jusqu'ici, fait le bonheur de sa vie, renoncer pour un peu d'argent ?

Non… il ne pouvait l'admettre. Non, il resterait libre pour lui et pour les autres auxquels sa liberté serait plus profitable que sa servitude ! Non, car enchaîné il serait médiocre, il le savait. Les besognes faciles, les mêmes répétées au long d'heures toutes pareilles, il les faisait mal, car il ne pouvait réussir que ce qui l'intéressait, et ce qui l'ennuyait, il le bâclait sans même le vouloir ; il n'aurait pas pu le soigner. Ce n'était peut-être pas une négligence de dilettante, c'était une incapacité véritable pour ces besognes qui nécessitent pour être accomplies parfaitement une grande absence d'esprit. Il ne faut pas, pour bien faire des choses bêtes, songer à leur bêtise ni même l'entrevoir. Il faut « y croire ». Et cela lui était impossible.

VI.

Pouvait-il, s'asseyant dans le bureau de son père, tandis que celui-ci lui narrait les dégâts causés cette nuit par la tempête, s'empêcher de rêver, en regardant par la fenêtre le cap Lihou très sombre sur la mer très bleue, à la peinture que, d'ici, il pourrait faire pour l'offrir, qui sait ? À Éléonore ?...

La mer, pour lui, était un élément d'un beau paysage, et les navires, des sujets de « marines ». Comment faire pour n'y voir que des instruments commerciaux ? Il aurait voulu avoir la foi de son père qui paraissait si convaincu… qui voulait convaincre…

— Vois-tu, Charles, si je t'ai fait venir, c'est que j'estime qu'il est temps pour toi de te résoudre à m'aider. Ne m'interromps pas, je t'en prie, ce que j'ai à te dire est très important. Jusqu'ici, tu as mené la vie qui te plaisait. Fort bien ! Tu as, je crois, un certain talent pour la peinture, tu l'as cultivé, ce n'est pas inutile, encore que j'eusse préféré te voir continuer Polytechnique. Tu as été en Italie, à Paris, tu t'es instruit, amusé. Tu as vingt-quatre ans maintenant, il est temps de prendre un état. Si la tournure de nos affaires avait été différente, si Granville avait eu l'essor que j'escomptais, tu aurais pu, peut-être, vivre plus longtemps en fils de famille… mais, tu le sais comme moi, les conditions économiques ont changé, nous devons envisager l'avenir sérieusement !

Charles regarda son père d'un être incrédule : non, il ne fallait pas essayer de le persuader que la gravité de la situation exigeait son concours !

— Tu ne me crois pas ? Eh bien ! Écoute… et juge ! Tu seras le premier, après mon secrétaire, à avoir connaissance de l'état réel de mes affaires. Nous courons à la ruine, voilà le fait.

Oh ! Bien sûr, cela peut durer dix ans, vingt ans, mais si nous ne parvenons pas à redresser la situation, l'issue est certaine.

— Vous croyez, père ? N'exagérez-vous pas ?

Charles était devenu subitement attentif : tous ses espoirs, il le savait, ne pourraient se réaliser que grâce à sa position sociale, à sa fortune. Celle-ci serait donc vraiment menacée ? Il ne pouvait le croire, mais déjà il le craignait.

— Depuis l'abandon du plan d'aménagement de Granville, notre affaire était condamnée à un rôle de second plan. J'ai essayé de lutter : jusqu'à ces dernières années, j'ai cru réussir à maintenir notre position, mais depuis quelque temps, la concurrence du Havre se fait de plus en plus dangereuse ; pour garder ma clientèle, je suis obligé d'abaisser mes tarifs à un taux qui couvre juste mes frais et ne me permet plus d'envisager le renouvellement de ma flotte. Les bateaux à vapeur s'affirment tous les jours supérieurs aux voiliers, mais la banque de ton grand-père n'est plus là pour me fournir les crédits nécessaires au remplacement de ces derniers, que les prix que je pratique actuellement, je te le répète, ne m'ont pas permis d'amortir suffisamment. En résumé, le trafic sous mon pavillon est toujours aussi actif, mais les bénéfices que j'en retire ne cessent de diminuer et nos frais généraux demeurent, malgré les efforts de Vinay pour réduire au minimum le personnel. À première vue, la situation paraît saine puisque chaque bilan laisse apparaître un excédent de recettes assez considérable ; mais si l'on compare avec les exercices d'avant 1848 ou même avec ceux d'il y a une dizaine d'années, on constate que les bénéfices sont en baisse constante.

« Fait plus grave, ceux-ci n'apparaissent en comptabilité qu'en raison de l'insuffisance de nos amortissements ; sans doute, chaque année nous prélevons la même somme à titre d'amortissement, mais celui-ci avait été calculé sur un temps considérable, valable quand les voiliers étaient la seule forme connue de navire, mais non plus depuis l'apparition des vapeurs qui a, d'un seul coup, rendu démodée notre flotte. Certains de nos trois-mâts presque neufs sont déjà déclassés, nos amortissements ne tiennent pas compte de ce fait. Si nous voulions constituer une provision raisonnable pour le remplacement, ne fût-ce que d'un de nos navires, nous aurions un déficit ! Il résulte de tout ceci que, dans les années qui viennent, si nous continuons l'exploitation avec un matériel vieilli, nos bénéfices diminueront encore du fait du peu de rendement du transport par voiliers et rendront encore plus impossible le renouvellement de la flotte. Et ce sera, à plus ou moins longue échéance, la ruine par destruction de notre capital, si toutefois la concurrence des ports nouvellement outillés ne l'avance pas en nous retirant notre clientèle !

“Si, au contraire, nous voulons renouveler notre matériel, il nous faut engager des sommes importantes. Les conditions que nous font les banques — hélas ! Le temps de mon beau-père n'est plus ! - sont dures, sans doute hésitent-elles à miser sur un armateur de Granville. Le Havre attire toutes les faveurs bancaires, et nos concurrents, d'ailleurs, ont partie liée avec les établissements de crédit les plus importants. Inutile donc d'espérer grand-chose de ce côté ! Il ne me sera possible d'obtenir que des prêts assez peu importants et sans doute pas à long terme… De toute façon, même si j'obtiens ce que je demande, c'est un gros risque. Mes affaires reprendront-elles au point de pouvoir amortir en temps utile ces sommes ?

Cependant, je ne crois pas avoir le droit d'hésiter ; je n'ai pas le goût du suicide par inaction. Je compte beaucoup sur la prochaine campagne de pêche à Terre-Neuve, nous y engageons tous nos terre-neuvas ; il faut que nous en retirions beaucoup de bénéfices, c'est ma seule chance de gain important. J'ai, avec Vinay, minutieusement préparé cette expédition et j'envisage, tant son succès me paraît important, de demander à mon frère Hippolyte de se faire mettre en disponibilité et d'en prendre le commandement. Mon combat est celui de tous ; c'est le devoir de tous de m'aider, et le tien en particulier, Charles ! Comprends-tu maintenant pourquoi je demande, j'exige que tu te consacres entièrement à l'affaire ?"

Oui, Charles comprenait… il subissait l'ascendant de son père qu'il avait toujours admiré. Demain sans doute il regretterait, mis aujourd'hui il acceptait.

— Je ferai ce que vous voudrez, père.

Alors François se leva, le visage transformé, et prit la main de son fils en une étreinte violente.

— Merci ! J'étais sûr que tu comprendrais ! Mais repose-toi quelque temps, reprends contact avec Granville, ne prive pas ta mère du plaisir de t'emmener chez ses amis. Tu pourras ensuite m'aider utilement. À nous deux, nous ferons de grandes choses ! »

Charles acquiesça. Mais lui, il en était moins sûr…

CHAPITRE III : « Aux parcs des beaux pays »

« Je pense aux amours des vieux temps, aux amours
De ceux qui habitent aux parcs des beaux pays ».
Francis Jammes

I.

On allait prendre le thé ce soir chez Madame Sartilly. Henri achevait de mettre au point par d'incessantes retouches sa coiffure, l'aplomb de son col et de sa cravate. Ce n'était pas, disait — il, par coquetterie, mais les gens vous jugent si souvent sur l'apparence qu'il faut leur donner satisfaction sur le terrain où ils ont la faiblesse de vous apprécier. Sa mise était une réussite d'une élégance assez raffinée pour pouvoir se donner le luxe de paraître très simple. L'enjeu pour lui, ce soir, valait bien un peu de soin. Ce qu'il voulait obtenir, il ne le savait peut-être pas très bien, mais qu'il devait plaire, être de nouveau invité, devenir l'ami de la maison. Il décida même, préférant investir la place et couper toute retraite à l'adversaire avant de l'attaquer de front, de ne pas trop s'occuper de celui pour qui seul il venait et de réserver ses attentions au reste de la famille. Comme le soupirant de Molière, il ne négligerait pas même le chien de la maison !

Charles faisait moins de frais pour Éléonore ; si près de la revoir, il eût imaginé avoir plus de joie qu'il n'en avait effectivement. Peut-être parce que le bonheur menacé perd son charme et qu'une liberté que l'on sait devoir s'achever a déjà cessé d'être. Il ne pouvait penser à cette après-midi seulement. Il savait qu'elle était la dernière de sa vie oisive. Bientôt l'oiseau serait en cage, il n'avait plus le cœur à chanter. D'avance, il se voyait assis devant un bureau, penché sur des dossiers. Rencontrer Éléonore, c'était regretter davantage sa liberté finissante, autant à cause de l'attrait qu'elle avait pour lui que des souvenirs de sa vie parisienne qu'elle lui rappelait. Et puis, ne perdrait-il pas le peu de prestige qu'il pouvait avoir vis-à-vis d'elle en renonçant à la carrière artistique pour se consacrer à celle, nettement plus prosaïque, des affaires ?

Charles avait un peu le sentiment d'une injustice à son égard : pourquoi son père n'avait-il pas fait appel plutôt à Henri ? Ce n'était tout de même plus un bébé. Était-ce sa vocation religieuse supposée que leur père respectait en lui ? À force de le laisser dire autour de lui, Henri finissait par accréditer l'idée qu'il serait un jour l'oint du Seigneur... et cela d'autant plus facilement que le Supérieur du collège où il avait été élevé en était persuadé ! Et cependant, jamais, à sa connaissance, son frère n'avait positivement pris parti à cet égard ; il laissait dire, et peut-être était-il sincère en ne prenant pas parti ? Dans l'incertitude, il laissait à Dieu le soin de juger de sa destinée et, s'il le voulait à Lui, de lui donner la force de Le suivre.

En tout cas, Charles devait bien constater que son frère ne semblait pas insensible aux beautés de la terre, ni résigné à les admirer de loin. Voulait-il aimer Dieu dans Ses œuvres… ou simplement se laissait-il emporter par son ardeur de jeune garçon débordant de vitalité ? Alors n'était-ce pas là la cause profonde de ses hésitations, de ses dérobades, son corps trop vif refusait-il de se laisser dompter encore ? Le pur sang, chez lui, trouvait-il la porte trop étroite ?

Charles était assez disposé à le penser, l'ardeur de son frère l'avait toujours frappé. Il avait reconnu en lui une vivacité, une intensité de sensations, un amour passionné de la vie que lui n'avait pas au même degré. Il se sentait plus intellectuel, plus compliqué, plus égoïste, plus renfermé en lui-même que son cadet : celui-ci semblait attendre de la vie autant de beauté qu'il lui en apportait lui-même. Sans doute était-il né pour être heureux… et lui, Charles, pour être armateur ?

II.

Madame de l'Assardière, sa fille et son fils Pascal montaient à ce moment dans leur berline que d'immenses ressorts avaient peine à isoler des pavés inégaux des vieilles rues granvillaises. Les dames avaient fait toilette. Caroline avait une crinoline des plus majestueuses qui contrastait avec la simplicité voulue et soigneusement improvisée par la robe de sa fille. Il lui importait de persuader sa chère amie Sophie qu'Éléonore serait un parti inespéré pour Charles, non seulement à cause de sa noblesse fort ancienne — et d'épée, non de robe ! — mais aussi en raison de l'importance de sa fortune. Sur le premier point, il n'était sans doute pas nécessaire d'insister, le rang éminent de la famille de l'Assardière n'était contesté par personne, non plus que la valeur de ses membres masculins, tous héréditairement officiers de marine et qui avaient donné à la France plusieurs amiraux.

Non, sur ce point il n'y avait pas de difficulté ; seulement convenait-il de rappeler de temps à autre ce passé éminent et d'ajouter que c'était une tradition pour les filles de n'épouser que des officiers de marine, que les exceptions étaient bien rares, et toutes motivées par les mérites, le rang élevé de ceux envers qui elles étaient consenties. Oui, il était nécessaire de dire cela ! Mais il l'était plus encore de faire montre d'une richesse considérable. Sur ce second point, on ne pouvait pas se dispenser de paraître puisqu'on était parfaitement incapable d'être.

Le service de la mer, pour honorable qu'il soit, n'enrichit pas et la fortune de l'héritier d'une vieille famille de robe pourrait-elle être mieux employée qu'à redonner un peu de lustre à des gentilshommes d'épée ?

Avec l'hôtel de la rue Notre-Dame, un rendez-vous de chasse entouré d'assez vastes bois et quelques maisons de rapport plus ou moins délabrées, le capital des Assardière se réduisait à peu de chose, et encore n'était-on pas certain qu'il parvienne intact à l'héritière ! Le commandant, son père, menait assez grande vie, et il y avait la part de Pascal. Non, plus Caroline y réfléchissait, plus un mariage avec le fils de l'armateur lui apparaissait désirable pour sa fille ; sans doute tenait-elle en réserve d'autres projets possibles si celui-ci ne se réalisait pas, mais ils étaient loin de le valoir. La maison d'armement Haqueville était considérable et solide. C'était un parti sûr. Au surplus, Charles avait paru remarquer Éléonore et celle-ci s'était déclarée enchantée de son après-midi ; toute la soirée, elle avait été très gaie. Caroline en concluait que sa fille n'avait, envers le fils de l'armateur, aucune hostilité de principe. Tout s'arrangerait, d'ailleurs, puisqu'elle s'en mêlait !

« Comme il a l'air distingué, et quels beaux yeux il a ! » songeait Éléonore.

III.

La calèche des Haqueville précéda de peu la berline des Assardière dans l'allée du Manoir. C'était une délicieuse soirée d'été, le vent de mer devenait caressant et doux, laissant parvenir jusqu'à la terre la chaleur vivante du soleil très jaune en un ciel très bleu que quelques nuages auréolaient seulement, comme une mince couronne de cheveux blancs entourant un crâne parfaitement chauve.

L'atmosphère était si sereine, si lumineuse qu'on se serait cru loin du roc granvillais, au rivage de quelque Sicile. De tels jours sont rares dans le Cotentin, ils n'en sont que plus vivifiants. Alors qu'aux prises avec le vent de mer, avec la tempête, il vous semble ne pas avoir le loisir de vivre, à peine, entre les bourrasques, peut-on respirer, il apparaît tout à coup que le climat, un instant différent, donne à toute chose un autre aspect. Ces rues que vous parcouriez, rapide, face au vent violent et froid, vous les suivez maintenant en flânant, en vous laissant imprégner de cette chaleur féconde que le soleil apporte, source de toute vie. Vous agissez moins peut-être. Vous vivez plus !

IV.

Par un jour semblable, le Manoir était radieux. Il s'élevait au fond d'un parc petit, mais bien planté, avec une façade de granit très simple ornée d'un fronton triangulaire soutenu de colonnades datait sans doute de la fin du dix-huitième siècle où la mode était à l'antique. Elle lui donnait un air de majesté gracieuse. Contrairement à la plupart des demeures de Granville, elle n'était pas triste, peut-être parce qu'elle n'était pas située trop près de la mer, mais déjà dans la campagne. Sa façade principale donnait sur le parc et, au-delà, sur les prés si verts de Normandie. La façade sud-est regardait la mer, mais ne la voyait que de loin avec tout le recul nécessaire à la perception de l'ensemble harmonieux du paysage. À gauche, la plage de Saint-Pair, vaste étendue de sable fin ; en face, au-delà des falaises, le large. À droite, d'abord la sinistre et abrupte Roche Gautier, écueil de tant de navires par gros temps ; puis la baie où s'étend le port de Granville, la jetée et, dominant l'ensemble, le cap Lihou surmonté de l'église Notre-Dame, de la caserne et des remparts de l'ancienne forteresse. Par temps très clair, on pouvait au sud-ouest deviner le rivage breton et la pointe de Cancale.

Paysage splendide, mais dont le principal mérite était, aux yeux de Charles, de n'être qu'un paysage et non une trop prochaine réalité. Surtout, le Manoir était une demeure campagnarde où rien ne venait rappeler les soucis nés de la mer. Elle ressemblait à celle où il lui semblait se souvenir être né aux temps lointains où ses parents vivaient sans souci d'être trop riches, sans crainte de devenir pauvres ! Cette maison de Vire où ne parvenait pas le souffle mordant du vent de mer qui rend les esprits durs, inflexibles, cassants, et fait mépriser les vertus éternelles de la terre, cette maison représentait pour lui le calme nonchalant, le doux loisir, charme de la vie, et qu'il ne connaîtrait plus que par exception… comme ce soir où, par l'allée plantée de conifères s'avançait à leur suite la berline de Madame de l'Assardière. Les deux voitures se rejoignirent devant le perron de pierres grises. La majestueuse toilette de Caroline ne fut remarquée que de son amie Sophie. Henri examinait les suspensions, d'un type nouveau, de la voiture, et Charles ne voyait qu'Éléonore. Il ne la regardait pas, ce n'eût pas été convenable, et cependant ses yeux, partout, la rencontraient. Il n'y pouvait rien !

— Quelle délicieuse journée, Mademoiselle !

Ce fut tout ce qu'il trouva à dire ; il se jugea complètement idiot. Jamais il ne s'était senti troublé à ce point. D'ordinaire, il était un charmant causeur. Il fut reconnaissant à Madame Sartilly d'arriver à ce moment. Avec elle il pouvait être aimable, elle ne l'intimidait pas de la même façon ! Et ce fut Adélaïde qui recueillit les amabilités qu'il aurait voulu pouvoir adresser à Éléonore. Cela méritait d'être une véritable journée des dupes… pour peu qu'Henri s'en mêlât !

Il n'attendait que le moment de le faire. Il avait apporté quelques croquis de chevaux et d'attelages, sachant que Basile, comme lui, aimait cette expression si noble du mouvement.

— Me permettez-vous d'offrir ceci à votre fils, Madame ? On m'a dit qu'il s'intéressait beaucoup aux chevaux.

— Mais certainement. Je vous remercie… En effet, cela lui plaira beaucoup. Mais, ajouta Madame Sartilly, vous parlez de mon fils, vous savez que j'ai aussi une fille, Corinne, qui vient d'arriver en vacances et ces dessins lui plairont tout autant.

Charles ne put s'empêcher de sourire, Henri débutait plutôt mal ! Il allait, pour se rattraper, être obligé de faire la cour à cette pensionnaire en congé. Charmante perspective ! Cette pensée consola Charles de sa timidité vis-à-vis d'Éléonore ; mieux valait ne rien faire que de risquer de tout gâter. Le temps est un grand maître !

À peine ses hôtes entrés dans le grand salon simplement et très sobrement garni de meubles du dix-septième siècle, hautains et sévères, Madame Sartilly leur présenta Corinne. Henri estima qu'il avait de la chance, cela aurait pu être pire ! Non qu'elle fût d'une grande beauté, mais elle était agréable, élégante, aimable. Il pourrait se montrer empressé sans trop d'efforts. Mais où donc se cachait Basile ? Serait-il invisible ?

Il apparut cependant au moment où l'on allait dans la salle à manger prendre le goûter servi sur la table antique aux lourds pieds de bois sculptés. Ce fut à peine si Henri le vit arriver. Il causait avec Adélaïde d'indifférentes choses. Basile, très « jeune garçon bien élevé », salua toutes les dames de la société. Henri lui serra la main avec une parfaite indifférence.

— Bonjour, monsieur ! Mais il chercha ses yeux bleus, très lointains en ce moment.

— Appelez-le Basile, voyons !

Henri sourit à cette permission d'Adélaïde. Il espérait bien n'en pas rester là.

Basile correspondait exactement à la description qu'on avait faite de lui : grand pour son âge, blond cendré ; ses yeux vifs et clairs semblaient fatiguer un pâle visage dont le nez très fin et les lèvres frémissantes, si mobiles, livraient la grâce fragile et délicate d'une nature vive et nerveuse. L'équilibre si parfait d'Henri lui fit mieux goûter le contraste. Décidément, le garçon lui plaisait. Peut-être n'était-il pas d'une extraordinaire beauté, non, ce n'était qu'un enfant joli, mais cela même n'est-il pas suffisant pour éclipser la plupart des beautés féminines ? Il avait pensé faire à sa mère quelque compliment de lui, qui serait flatteur pour elle, tel : « Comme il vous ressemble ! Il est vraiment très joli ! » Mais il n'osa pas paraître remarquer sa beauté ayant déjà, malencontreusement, avec ses croquis, attiré l'attention sur l'intérêt qu'il portait au jeune garçon.

Maintenant que la conversation, devenant générale, lui laissait quelques loisirs, Henri pouvait mieux observer son nouvel ami, malheureusement placé assez loin de lui, conversant amicalement avec Pascal. Évidemment, Pascal était un habitué de la maison, il pouvait, lui que cela n'intéressait pas, causer longuement avec Basile, sans attirer le moins du monde l'attention. Et Henri avait la conviction que, s'il cherchait à approcher le gamin, cela serait remarqué. Peut-être croyait-il cela uniquement parce qu'il attachait de l'importance à tout ce qu'il faisait ayant trait à l'enfant… parce qu'il savait déjà l'aimer. Peut-être voyait-il tout sous un autre éclairage que ceux qui l'entouraient ? Peut-être croyait-il qu'on le remarquait simplement parce qu'il tenait à ne pas l'être ? Peut-être… mais il eût bien voulu se trouver à la place de Pascal !

Au goûter, Henri fut placé à côté de Corinne et loin de Basile. Cette inversion était dans la logique des convenances mondaines, mais, malgré de louables efforts, Henri ne put trouver aucun intérêt à la conversation de sa voisine ni même à celle d'Adélaïde. L'autre soir pourtant, dans le salon du vieil hôtel de la rue Notre-Dame, Madame Sartilly l'avait quelque peu charmé. N'était-ce que par l'éclat soupçonné de son fils inconnu ? Et perdait-elle tout attrait de sembler aujourd'hui, lui présent, inutile ou même d'être un obstacle ?

Henri avait cette étrange sensation que seul comptait pour lui celui-là qui s'en souciait si peu et, en même temps, que même celui-là n'était pas tout pour lui. Il le désirait violemment par instants, mais comprenait bien qu'il ne pourrait combler son désir. Surtout, n'ayant rien entrepris, dans ce silence des âmes si émouvant qui précède l'action délibérée, il hésitait. Basile était heureux et pur, sans lui. Sa vie semblait sereine et parfaite, comme un anneau fermé. Avait-il le droit de le briser pour le faire participer à sa propre sphère d'existence ? D'ouvrir le cercle parfait où le cœur se complaît en lui-même, pour le rendre plus riche sans doute, mais ouvert aux influences extérieures, dépendant d'un autre, comme lui-même, Henri, dépendait en ce moment d'un sourire de ces lèvres fragiles ?

Avait-il le droit de l'ouvrir à ses propres enthousiasmes, à ses joies sans doute, mais à ses peines aussi et à toutes celles que contient le simple mot : aimer. De relier deux êtres, de communier leurs joies et leurs souffrances et, par cela même, les rendre infiniment plus intenses, plus profondes, plus durables ? De créer pour toujours cette union des émotions que signifie ce beau mot : sympathie ? Avait-il le droit de le faire ? Le bonheur et le malheur humain vont de pair : lui révéler une joie plus violente que ses calmes plaisirs, n'était-ce pas lui rendre prochaine une souffrance plus vive que ses chagrins d'enfant ?

L'esprit logique d'Henri concluait aisément que poser la question, c'était la résoudre. Non, Dieu seul peut s'arroger ce droit sur une vie humaine. Mais les conclusions de son esprit ne lui semblaient pas plus l'engager que les mouvements de son corps. Les jeux de l'esprit et ceux de l'amour ne sont pas faits pour se juger. Les yeux de Basile valaient bien une pensée, pour sublime qu'elle se veuille. Dieu n'aurait-il créé la beauté que pour lui ?

En bon joueur, Henri résolut la difficulté en laissant aux circonstances, à la Providence, le soin de guider son action. Basile, d'ailleurs, était encore un enfant et les enfants non plus ne sont pas engagés par leurs actes, le jeu d'amour n'éveille pas nécessairement leur cœur. Et Henri, après tout, ne voulait lui demander qu'une présence : celle de sa beauté et de son âme.

Comme Basile expliquait à sa sœur un moyen de se préserver du hoquet en croisant l'auriculaire sur le doigt voisin, Henri parut ne pas comprendre : il tendit la main et Basile, très gentiment, arrangea les doigts du jeune homme dans la position adéquate. Henri trouvait cela plus reposant que les préoccupations philosophiques.

Quant à Charles, jamais il n'avait trouvé un goûter plus difficile à avaler que celui-là ; sa gorge contractée se refusait absolument à laisser passer autre chose que le thé, très fort, servi dans de précieuses tasses chinoises. Sentir auprès de lui la présence d'Éléonore le rendait absolument incapable d'aucune autre sensation. L'amour, comme l'admiration, est une attitude incommode. Cela l'empêchait d'apprécier pleinement tout ce que Madame de l'Assardière racontait sur sa famille, sa fortune. Il remarqua seulement que Pascal semblait entendre ces choses pour la première fois ; il avait l'air encore plus étonné que Madame d'Haqueville ; celle-ci connaissait la vanité de son ancienne amie de pension, et n'y attachait pas beaucoup d'importance. Cependant, l'allusion à une tradition familiale en faveur des unions avec des officiers de marine la frappa : Caroline pensait donc déjà au mariage de sa fille ? Et pour dire cela aujourd'hui, c'est qu'elle voyait dans l'assistance un parti possible. Et seul Charles était en âge de se marier. Elle sourit.

— Les traditions les plus respectables, chère amie, doivent, à mon avis, céder à la constatation d'une mutuelle inclination, pourvu qu'elle soit légitime et fondée sur de solides principes… et une similitude de situation de fortune, bien entendu, ajouta Sophie le plus innocemment du monde.

Ce fut au tour de Madame Sartilly de sourire. Elle connaissait les inquiétudes pécuniaires de sa belle-sœur.

— Mais certainement, vous avez raison, ma chère, c'est si charmant une union de cœurs ! Vois-tu, Caroline, nous autres femmes, nous sommes trop souvent sacrifiées à des traditions fort belles peut-être, mais inhumaines ; on nous marie très jeunes, presque enfants, à des hommes que nous voyons pour la première fois comme nos fiancés. Il arrive que nous les aimions… Ma propre expérience m'oblige à dire qu'il n'en est pas toujours ainsi, ajouta-t-elle de façon à n'être entendue que des deux dames et de Pascal qui se trouvait non loin d'elle à cet instant.

Ce qui n'empêcha pas Sophie et Caroline de paraître extrêmement choquées et de montrer d'un geste Corinne et Basile causant avec leurs nouveaux amis à l'autre extrémité du grand salon où l'on était revenu, le goûter achevé.

Adélaïde haussa les épaules. Qu'importaient ses enfants ! Ils n'étaient pas assez aveugles pour ne pas s'être aperçus que leur mère n'avait nulle envie de mourir de chagrin parce que l'amiral Sartilly, ce vieux gentleman distingué, avait péri en mer ! Elle avait fait exprès de parler assez haut pour que Pascal entendît, assez clairement pour qu'il comprît. Ce garçon lui plaisait ; bien que jeune, ses traits étaient très virils et sa beauté agressive. La mâle vigueur que son corps irradiait ne pouvait laisser aucune femme indifférente… Adélaïde moins que tout autre. Elle s'ennuyait tant ici, et elle aimait l'amour ! Puisque Charles visiblement ne pensait qu'à Éléonore, ce serait Pascal son favori. Elle était sûre maintenant de ne pas regretter son choix : Charles était un rêveur, un amoureux de clair de lune… Pascal aurait plus d'ardeur ; elle avait choisi la meilleure part !

— Oh ! Pascal !...

Une tante par alliance, c'était une parenté suffisante pour l'appeler pas son prénom, mais pas au point que le jeune homme n'y vit la marque d'intérêt qu'elle lui savait désirer.

— Vous êtes un excellent cavalier et mon fils a, pour la première fois, un cheval à lui ; je lui ai fait ce cadeau en récompense de ses succès scolaires. Si vous voulez l'accompagner pour ses premières sorties dans le parc, je vous en serais reconnaissante. Vous viendrez en même temps déjeuner au Manoir !

Pascal mit trop d'empressement à accepter pour n'avoir pas deviné ce que masquait cette proposition de leçons d'équitation, et il n'était pas de ceux qui n'osent comprendre. Basile parut enchanté de ce projet et alla chercher ses bottes de cheval pour les montrer à Pascal. Très gentiment, mais pensant visiblement à autre chose, celui-ci admira l'élégance des bottes et la finesse des éperons.

— J'ai aussi une belle cravache que ma mère m'a donnée. Voulez-vous la voir ? Elle est dans ma chambre.

Mais Pascal n'avait nulle envie de s'éloigner d'Adélaïde.

— Non… je la verrai le jour où je viendrai faire du cheval avec toi, ou bien va me la chercher.

Henri le trouva idiot ; s'il avait été à sa place, il n'eût pas manqué une pareille occasion ; mais à lui on n'accordait que des tête-à-tête avec Corinne dont il se moquait et qui ne pouvait suivre aucun des sujets de conversation que, charitablement, il essayait l'un après l'autre. Journée des Dupes ? Oui, surtout pour lui…

V.

Lorsqu'on revint à Granville, il s'aperçut qu'il ne savait pas du tout quand il pourrait revoir Basile. Sans doute y aurait-il bientôt une réception rue Saint-Gaud, mais si le résultat en était aussi décevant ! Non, il n'avait été capable de jeter aucun pont, de tisser aucun lien entre celui dont il voulait faire son ami et lui-même. Il avait manœuvré comme un gamin !

Pascal avait été autrement bien inspiré. Et Henri devait cependant reconnaître que son camarade n'était pas un garçon particulièrement remarquable, mais il savait oser ! Et puis, il était de la famille, cela lui facilitait les choses, et ce qu'il recherchait était aux yeux du monde plus excusable parce que plus habituel. Il est toujours plus facile de suivre la foule, vous êtes plus facilement accepté quand on n'a pas à faire l'effort de vous comprendre, seulement de vous classer dans une catégorie d'autant mieux connue qu'elle est celle de presque tout le monde.

Oui, sans doute, Pascal avait la tâche plus facile. Bien loin d'en être jaloux, Henri, en ce moment, ne souhaitait que le succès de son ami ; ce serait un allié précieux. Peut-être était-ce lui qui servirait de trait d'union ? Par lui, il pourrait revenir au Manoir.

Ces réflexions le réconfortèrent et il ne pensa plus qu'à railler son frère de son rôle — combien nouveau ! – d'amoureux transi. Mais celui-ci ne semblait pas disposé à plaisanter. Tout à l'heure, comme sa mère lui demandait — bien entendu, avec toute l'indifférence et l'absence d'arrière-pensée de mise en pareil cas — s'il avait remarqué combien Éléonore était jolie dans sa nouvelle robe. Il avait répondu sèchement : « Très bien, en effet », et admiré lyriquement le coucher du soleil sur la mer.

Madame d'Haqueville avait paru satisfaite. Maintenant, elle demandait à Henri pourquoi il avait semblé s'ennuyer à la fin de la réception. « Corinne est pourtant charmante ?... » Ce n'était pas l'avis d'Henri.

— Charmante ? De loin, peut-être ! Oh ! Elle est très aimable, c'est entendu, mais avec elle la conversation ne va jamais au-delà d'une question et d'une réponse. Ayant épuisé de nombreux sujets, j'ai tenté de parler de la pluie et du beau temps. Aimez-vous la campagne l'été, mademoiselle ? Vous avez une si charmante propriété ! Réponse : « Oui… certainement… » Et un sourire aussi vague qu'ennuyé. Le résultat, c'est que, désespérant de trouver une question sur laquelle nous pourrions échanger des idées ou au moins des paroles, trouvant désagréable de rester en face d'elle sans lui dire un mot et impoli de la quitter, j'ai dû parler tout le temps. J'avais l'air de faire un cours, ou de prononcer un sermon ! Je ne l'oublierai pas…

Il avait glissé le mot sermon pour rappeler à sa mère l'éventualité jamais écartée de « sa » vocation religieuse, cela l'excuserait sans doute de n'être pas tombé amoureux de Corinne ! Sophie d'ailleurs ne lui demandait pas cela : elle estimait assez peu la mère et, bien que les enfants lui parussent agréables, elle n'eût pas aimé être alliée de famille avec les Sartilly. L'amiral pouvait être mort en héros, il était moins sûr qu'il eût vécu toujours en honnête homme. Et son frère Octave faisait partie de cette corporation honnie des armateurs du Havre qui menait si durement la lutte contre leur concurrent granvillais.

C'était là un vice rédhibitoire aux yeux de Sophie. Elle trouvait également qu'on voyait un peu trop souvent ce beau-frère aux côtés d'Adélaïde. Était-ce pour surveiller l'affaire Haqueville ? Ou avait-il hérité des prérogatives de l'amiral ? Si toutefois ce dernier en avait eu autre chose que l'apparence… À qui ressemble Basile ? Se demandait Madame d'Haqueville. Sans doute, il est blond comme sa mère, et a ses yeux bleus ; mais son allure générale, sa coupe de figure me rappellent quelqu'un d'autre… sûrement pas l'amiral ! Cet air aristocratique, distant, un peu lointain, ce regard fier et ces lèvres sensuelles, cet ensemble me paraît très familier. C'est une physionomie connue… C'est curieux, je ne puis voir ce garçon sans le sentir très proche de nous… beaucoup plus que de ceux qui l'entourent… malgré ses cheveux blonds.

— Maman, j'oubliais de vous dire, intervint Charles, s'arrêtant un moment de rêver d'Éléonore, Madame Sartilly m'a demandé à quelle date reviendrait oncle Hippolyte. Elle doit savoir qu'il sera bientôt de retour ».

Hippolyte, le dandy ! Mais c'est à lui que Basile ressemble !

CHAPITRE IV : Circonstances viles

« Être fort et s'user en circonstances viles » (Verlaine)

I.

Une lettre sur son bureau à laquelle il devait répondre, une esquisse sur son chevalet attendaient. Affalé dans un fauteuil, un quelconque roman à la main, Charles s'abandonnait. Lire, oublier ; impossible de travailler, de fixer son esprit. Il était fatigué. Il lui semblait que c'était pour la première fois. Oh ! Sans doute, souvent à la suite de quelque exercice physique, au retour de quelque chevauchée, de quelque chasse, il était rentré fourbu à la maison ; mais son esprit restait clair et son cœur joyeux. Il se savait prêt, demain, à recommencer. Aujourd'hui, rien ne semblait fonctionner normalement en lui. Ce n'était pas non plus une saturation de l'intelligence, cette fatigue que, souvent, il avait ressentie au cours de ses études, fatigue qui provient d'une trop grande tension de l'esprit, de la pensée, où l'on se sent épuisé, mais grandi, contraint à une halte qu'on atteint en trébuchant peut-être lors des derniers pas, mais sûr d'une force nouvelle tout à l'heure pour repartir et, plus loin, parvenir.

Non, ce n'était rien de tout cela, mais l'abrutissement d'une fatigue sans effort. Il n'avait fait que des choses faciles, il était resté assis presque toute la journée devant une table ; non, sans doute, rien d'épuisant que la monotonie désespérante des minutes successives et semblables, la sensation décourageante de l'inutilité d'une intelligence, de tout ce qui fait de l'homme plus et moins qu'une machine, d'une âme !

Ce jour-là, il avait débuté aux bureaux de la firme Haqueville. Une matinée comme les autres, plus belle de tout ce qu'il regrettait, de ce qu'elle avait aussi d'unique, d'ultime, de déjà condamné comme la grâce sans pareille des adolescences qui s'achèvent.

Un soleil aussi éblouissant, une brise aussi chaude que le jour de la réception au Manoir, une journée qui serait aussi belle, mais il n'en jouirait pas ! Peut-être, d'ailleurs, en serait-elle moins belle, les choses ont la beauté qu'en elles nous admirons et celle-ci souffre sans doute de l'absence de ses admirateurs. Il ne serait plus, hélas, de ceux-ci ! Il n'appartenait plus à son existence jusqu'ici familière, déjà passée.

Quand il arriva au bureau, il avait l'impression d'y avoir été auparavant. Son père était occupé avec l'un de ses fournisseurs. Ce fut Vinay qui lui présenta les différents services, l'ahurissant d'une foule de noms qu'il s'empressait d'oublier si même, un instant, il les retenait. Des figures sans relief particulier, banales, qui le dévisageaient curieusement. Devant tous ces inconnus, il se sentait désarmé, ne sachant comment les prendre, qui ils étaient, ce qu'ils pensaient, s'ils lui étaient dévoués ou hostiles. Surtout, il ignorait comment son attitude à lui serait interprétée. À la caisse, mademoiselle Léocadie, la fille de Vinay. Charles devait convenir qu'elle était plutôt jolie, mais ses traits avaient une dureté, une âpreté qu'accentuait l'impression d'avidité dégagée par ses lèvres minces. Elle pouvait avoir une vingtaine d'années, mais quand elle ne pensait pas à sourire, elle paraissait notablement plus. Charles pensa qu'elle n'avait jamais dû être enfant. Quel contraste avec l'étincelante jeunesse d'Éléonore ! Le bureau lui parut encore plus sombre.

— Comme c'est moi qui aurai le plaisir de vous mettre au courant des affaires de la maison, lui dit Vinay en le faisant entrer dans une petite pièce encombrée de deux bureaux noirs (un grand, l'autre plus petit), je vous ai fait mettre une table près de la mienne. Vous n'aurez pas à vous déranger si vous avez besoin de me demander quelque explication, ce sera plus pratique, plus pratique… »

Machinalement, Charles s'assit devant son petit bureau ; il avait l'impression d'être redevenu un écolier, mais pour n'apprendre que ce qu'il eût désiré toujours ignorer. Il écouta distraitement Achille lui expliquer comment il fallait classer les papiers, les épingler, comment rechercher les dossiers de précédents pour pouvoir répondre aux lettres reçues, comment joindre la copie de la lettre envoyée au dossier auquel elle se rapportait…

Recevoir des lettres, essayer de les comprendre, répondre, épingler, classer… de nouveau lire, répondre, épingler, Charles eut l'impression d'être devenu un écrivain public doublé d'un commis greffier, au mieux d'un secrétaire — ce qui était précisément la fonction de Vinay.

— Comme vous me déchargerez d'une part de mon travail, je pourrai mieux me consacrer au contrôle de la comptabilité, à l'établissement d'un budget de dépenses d'investissement, de modernisation que Monsieur d'Haqueville désire que je lui présente le plus tôt possible. Nous sommes tellement surchargés que nous avons un grand retard. Je crains que le travail ne vous semble rebutant au début, mais vous vous habituerez, c'est très facile, il vous faudra seulement du temps. Rien ne s'improvise, Monsieur Charles, rien croyez en ma vieille expérience. Il vous faudra des années pour vous mettre au courant vraiment !

Charles eut envie de lui répondre que des siècles ne suffiraient pas à l'habituer à son bavardage. Il dit simplement :

— Je verrai bien ! Mais il se sentit encore plus déprimé.

Des années ! Sans doute ce vieil imbécile exagérait, mais il se pouvait qu'il eût raison ; rien dans ce travail, nouveau pour lui, ne lui permettait d'avoir une opinion personnelle à ce sujet. Des années ! Cela lui rappelait que désormais sa vie était tracée. Autrefois, il pouvait imaginer à sa guise demain, le croire aussi beau que ses rêves, aussi grand que ses désirs et laisser vivre à son imagination les plus extraordinaires existences ! Cela aussi était fini, il ne pouvait plus rêver sa vie que dans le cadre d'une carrière, la sienne, et son imagination avait assez de force pour qu'il lui suffise d'un moment pour parcourir d'avance et complètement les péripéties à venir. Déjà il se voyait, chargé d'ans, au déclin de son existence. La route à parcourir n'avait plus de secret, partant plus d'intérêt. Surtout, il lui semblait l'avoir tout entière connue, rien de neuf ne pourrait plus distraire son attention des ornières du sentier et sa fatigue s'accroîtrait de l'impression ridicule de reprendre, inutile, le chemin parcouru !

Facilement, il acceptait l'ennui pour aujourd'hui, la peine même ; pour demain, il n'en avait pas la force. C'est pourquoi il essayait de ne plus penser et, presque allongé dans son fauteuil Louis-Philippe, en lisant, d'oublier. Mais le livre ne parvenait pas à l'intéresser et les images d'aujourd'hui revenaient. La matinée avait passé assez vite, il était allé déjeuner. Sa mère, son frère, dont l'emploi du temps ne dépendait que d'eux-mêmes et pouvait être modifié selon les caprices du moment, semblaient n'avoir aucune envie de presser le service et ne rien comprendre à la hâte de Charles, comme celui-ci n'avait, jusqu'ici, rien compris à celle de son père. Les barreaux aux fenêtres sont des ornements pour ceux qui n'ont jamais été prisonniers. Henri pouvait-il comprendre que pour son frère, la certitude d'avoir, à heure fixe, à quitter cette table, déjà l'en éloignait, lui donnait le désir, déjà, de l'avoir quittée ?

Il avait l'impression d'avoir été très gênant aujourd'hui à déjeuner et son frère lui avait paru très lointain avec ses préoccupations de grandes vacances : une promenade à cheval, une excursion en barque projetée à Chausey, une rencontre qu'il avait faite : la voiture des Assardière, Éléonore était dedans.

— Tu l'as vue ? demanda Charles un instant repris par son âme d'hier.

— Bien sûr ! Elle avait une très jolie robe, mais les chevaux ne valent rien.

Et Henri vanta en comparaison ceux d'Adélaïde.

— Il faut croire que les armateurs du Havre gagnent de l'argent, conclut-il avec une parfaite insouciance.

Charles fut choqué de cette indifférence et s'étonna de l'être : serait-il déjà semblable à son père ?

Et l'après-midi avait ressemblé à la matinée, seulement elle avait été plus étouffante. La torpeur des midis d'été accablait les bureaux comme la ville d'une épaisse somnolence. Charles n'avait pas l'habitude de travailler intellectuellement aussitôt après les repas. Cela l'engourdissait, lui donnait mal à la tête. Son travail n'avançait pas : il oubliait les choses les plus simples, s'en apercevait une fois le travail achevé et n'avait plus qu'à le reprendre en entier. Cela lui donnait une curieuse sensation d'insuffisance succédant au sentiment de « sous-emploi » qui l'avait, ce matin, déprimé. La première ne le consolait pas de la seconde. Peut-être n'était-elle qu'une illusion de son orgueil ? Il s'estimait supérieur à son travail, de quel droit ? Il n'était même pas capable de l'effectuer convenablement, n'importe quel commis l'aurait accompli mieux que lui. Et, au fond de lui-même, il le méprisait un peu. De quoi ? D'être efficace où lui n'était qu'inutile ? De ne pas savoir faire ce que lui savait réaliser ? Mais, au fait, qu'avait-il réalisé ? Rien. Il avait fait des études, bonnes sans doute, mais ce n'était que des succès sans lendemain, et peut-être, avec d'autres concurrents, ne les aurait-il pas obtenus ? Il avait quelques talents de peintre, mais ses succès parisiens, les devait-il à son talent ou à la réputation de fortune de son père ? Et d'ailleurs, qu'avait-il réellement achevé ? Peu de choses, et demain ? Y aurait-il encore quelqu'un pour regarder ce qu'on admirait aujourd'hui ? La Vierge aux Rochers risquait fort de demeurer inachevée. Que resterait-il de tout cela ? Un peu de toile !

Et peut-être tout ce qu'il appelait son activité artistique n'était-il qu'un masque, un prétexte à éluder les devoirs, les peines, les travaux de la vie, de la vie véritable, de celle qui n'a peut-être pas beaucoup de ciel bleu mais qui a le mérite d'être. Il avait la prétention de choisir sa vie, mais sans rien faire pour avoir une emprise sur le destin. S'imaginerait-il que les routes toutes tracées s'ouvrent devant vous en temps utile et qu'il n'est besoin que de choisir, et ce choix fait, d'y renoncer si cela vous plaît ? Croyait-il que la vie est un spectacle où il n'est besoin que de demeurer assez longtemps pour voir changer, sans y rien faire, le décor ? Où l'on peut, sur la scène, monter au moment qu'il vous plaît, y demeurer à volonté et, l'acte achevé, s'il vous amuse, la quitter, laissant à d'autres, à tous, à personne, le soin de conclure ? Oubliait-il que les chemins de la vie n'ont de direction que terminé, que c'est en les aplanissant qu'on rend droit les chemins tortueux, ou, du moins, qu'on leur donne un sens ? Et l'on ne nivelle pas sans travail, sans sacrifices aussi.

Mais que doit-on sacrifier ? Se demandait Charles. L'esprit ou la matière, le rêve ou l'immédiate réalité, le succès de l'instant… ou celui de l'avenir, la situation ou la vie ? La question, il ne souhaitait pas la résoudre, ne pouvant ni renoncer à croire qu'exister était plus que ces tâches puériles, ni les sacrifier et tenter l'impossible aventure d'une vie selon son idéal et des désirs peut-être insensés.

Il préférait essayer de ne plus penser, de vivre comme ces millions d'êtres qui, jamais, ne se sont posé les questions essentielles de leur existence ; de manger, de boire et dormir comme un quelconque animal ; de ne plus « se souvenir des cieux », d'être un homme utile, d'autant plus efficace qu'il est plus mutilé.

— Et bien, Charles, comment as-tu passé cette première journée de bureau ?

Sa mère venait d'entrer dans sa chambre et s'asseyait dans un fauteuil proche du sien. Il y avait dans ses yeux une compassion infinie, une tendresse inquiète de se livrer.

— Très bien, rien de particulier, lui répondit Charles sans interrompre sa lecture.

Il pensait déjà à sa journée écoulée, en parler était au-dessus de ses forces. Et puis, qu'en eût-il dit ? Vue de l'extérieur, du côté des gestes accomplis et non de leur résonnance intérieure, quelle banalité ! Non, vraiment, il ne s'était rien passé qui valut la peine d'être raconté ni même qu'on s'en souvint. Et le reste, ses sentiments intérieurs étaient incommunicables ; il ne pouvait ni ne désirait empêcher sa mère de les deviner. Il n'était au pouvoir d'aucun d'eux d'aller au-delà !

Alors, Madame d'Haqueville, si pénétrante des sentiments d'autrui pour cette simple raison qu'elle pensait beaucoup plus aux autres qu'à elle-même, se mit à parler des menus événements de sa journée afin de distraire son fils et de lui donner le temps de se ressaisir : elle lui raconta la visite qu'elle avait reçue. Tante de Glatigny était venue la voir, toujours aussi bonne, aussi charmante.

— Elle a demandé de tes nouvelles, Charles, elle t'aime beaucoup. Elle n'a, par contre, pas l'air de priser Achille et sa famille, elle prétend qu'il travaille contre nous. Je pense qu'elle lui reproche surtout d'être le fils de notre vieille bonne… il ne faut pas avoir de ces préjugés ! Et je crois qu'elle nous voit des ennemis partout. Ne va-t-elle pas jusqu'à dire que Madame

Sartilly a épousé, contre nous, les intérêts de son beau-frère du Havre et que son amitié pour moi n'est qu'une façade ?

— C'est possible ! Mais s'il ne fallait fréquenter que des amis sincères !...

Charles n'était pas très convaincu des desseins ténébreux d'Adélaïde : elle était plus occupée de son plaisir que de toute autre chose.

— Et Henri, qu'a-t-il fait aujourd'hui ?

L'association d'idées ne parut pas surprendre Madame d'Haqueville.

— Justement, il était invité chez Adélaïde avec son ami Pascal, ils vont dîner ensemble au Manoir. C'est un gentil garçon, Pascal, il ressemble à sa sœur. Ne trouves-tu pas, Charles ? »

II.

Invité chez Adélaïde ? Ou plutôt, Pascal l'était, et Henri par Pascal. À vrai dire, le jeune Assardière n'avait plus besoin d'invitation. Le Manoir était, plus que l'hôtel de la rue Notre-Dame, sa demeure, celle qu'il pensait avoir choisie, celle où il vivait vraiment, où triomphait sa jeunesse ardente, où il pouvait se croire le maître parce qu'on se livrait à lui, ou plutôt à son corps, car Adélaïde restait étrangère à son âme. Il était pour elle un ami très drôle, un jouet très neuf, une sensation nouvelle de jeunesse et de vitalité intense. Elle l'aimait comme un bel animal fringant et fier que seuls peuvent asservir les jeux de l'amour. Elle l'aimait comme sa plus belle conquête, et lui, comme sa première liaison mondaine. Elle était comblée, lui flatté. Henri était peut-être le seul à être amoureux. Brièvement, il avait mis son camarade au courant de ses intentions. Pascal avait trouvé la circonstance amusante, cette intrigue nouvelle corserait toute l'affaire. Il se sentait un peu, par ami interposé, amant de toute la famille. Il ne lui déplaisait pas, au demeurant, qu'Henri, d'ordinaire plus brillant que lui, eût ici besoin de son secours ; cela par ailleurs brouillerait encore davantage les cartes, il n'avait qu'à y gagner. Il accepta de servir d'introducteur à son ami. Et c'est ainsi que cette après-midi là, on recevait au Manoir Pascal et Henri.

Madame Sartilly les accueillit avec le même sourire, la même apparente indifférence. On fit avant le dîner une courte promenade à cheval, d'un train trop rapide pour qu'une conversation pût s'établir. Basile paraissait plus désireux de distancer ses compagnons à la course que de causer avec eux. Henri, piqué, ne voulut pas lui laisser l'avantage et cette déambulation s'acheva en un galop effréné.

— Ouf ! J'ai eu chaud ! Pascal, j'ai été battu par…

Basile se retourna vers Haqueville qui put constater qu'on avait bien vite oublié son nom.

— Henri, lui dit-il avec un léger haussement d'épaules. Tu as beaucoup de mémoire !

Basile sourit. Henri s'aperçut qu'il l'avait tutoyé.

Au salon, en attendant le repas, Pascal, un peu fatigué, s'assit dans un fauteuil et feuilleta un quelconque album. L'enfant regardait les dessins par-dessus son épaule, la main posée sur le dossier du fauteuil. C'était trop tentant. Sur ces doigts fins, Henri mit les siens, et, lentement, les serra. Basile ne sembla pas tout de suite s'en apercevoir, il continuait de paraître regarder les esquisses puis, soudain, d'un geste brusque, il retira sa main et, de toute la force de son beau regard clair, fixa Henri. Celui-ci détourna les yeux vers Madame Sartilly. N'avait-elle rien vu ? Adélaïde arrangeait des fleurs sur un guéridon, mais Corinne les regardait. Henri fut heureux que le domestique vînt annoncer que « Madame était servie ». Décidément, il lui fallait être prudent… le petit ne serait pas facile à apprivoiser !

À table, Pascal fut placé à côté d'Adélaïde, naturellement ! Henri, au bout de la table « pour présider », à sa droite Corinne, Basile à l'autre bout. Cela devenait une habitude. Jamais Henri n'avait vu Pascal plus brillant ni plus indélicat. L'ambiguïté de sa situation ne semblait pas le gêner le moins du monde. Il risquait des allusions assez claires pour n'échapper à personne, pas même aux enfants. C'était d'ailleurs d'un intérêt particulier pour Henri d'essayer de deviner les réactions qu'en leurs esprits la présence et les propos du jeune Assardière pouvaient provoquer. Ils paraissaient ne se soucier de rien. Corinne répondait joyeusement aux plaisanteries de Pascal, Basile essayait et Henri finissait par se laisser gagner à l'inconscience générale. Il se retrouvait un homme du monde sans arrière-pensée, sans dessein particulier, il se laissait aller à sa gaieté naturelle. Adélaïde ne semblait d'ailleurs pas le moins du monde choquée des excentricités de son ami.

— Tu sais, Pascal, l'autre jour j'ai été voir Maître X..., dont le fils est ton camarade et, sans y penser, je lui ai dit parce qu'il ne me reconnaissait pas : Madame Sartilly, vous savez, l'amie de Pascal...

Ils riaient tous les deux. « Délicieux », murmura Henri, très amusé. Les enfants s'étaient contentés de sourire. Comment ensuite s'étonner d'entendre tout à coup Adélaïde s'exclamer :

— Mais voyons, Pascal, que fais-tu de tes jambes ? Je les trouve partout !

Non, vraiment, Henri s'attendait à tout ; mais il remarqua que Basile, cette fois, ne souriait pas.

Après le dîner, dans le grand salon, on dansa. Madame Sartilly avait demandé à Henri de se mettre au piano, il était bon musicien et savait aussi faire plaisir. Adélaïde dansait avec Pascal, excellent danseur, encore plus séduisant en mouvement qu'immobile. Basile essayait avec sa sœur de l'imiter. En jouant les airs à la mode, Henri ne le quittait pas des yeux, il admirait sa grâce juste assez pataude pour être irrésistible, il essayait de suivre son regard. À quoi pensait-il ? Parfois il semblait observer sa mère qui valsait, tendrement appuyée sur son ami. La lueur tremblante des nombreuses bougies faisait tour à tour apparaître et s'évanouir leurs visages rapprochés. Ils paraissaient pleinement heureux. Henri ne put réprimer un sentiment d'orgueil : non, ces satisfactions-là ne pourraient jamais le combler ! Il choisissait de préférer le désir au plaisir.

Il jouait avec une étourdissante virtuosité un air endiablé. Corinne et Basile s'étaient assis, essoufflés, dans un coin de la pièce. Feignant un faux pas, Pascal se laissa tomber avec Adélaïde sur le divan : ils ne semblaient ni l'un ni l'autre pressés de se relever. Henri, d'instinct, regarda Basile. Bien que placée à l'autre extrémité du salon, la lumière était suffisante pour qu'il puisse voir.

Très simplement, avec beaucoup de naturel, il avait tourné le dos, paraissant soudain très intéressé par la lune aperçue au travers des hautes fenêtres, trop indifférent pour n'avoir pas compris. Un instant, son regard rencontra celui d'Henri et, aussitôt, se détourna. Peut-être avait-il honte d'avoir vu !

III.

Revenant dans la nuit chaude avec Pascal, Henri eut la surprise de lui entendre déclarer :

— Vois-tu, ce qui m'attire chez Adélaïde, c'est que je m'y sens chez moi. J'ai vraiment l'impression d'une vie de famille !

Haqueville était moins persuadé du caractère « familial » de ces réunions, mais il était résolu à ne pas abuser de cette équivoque. Basile lui apparaissait, plus qu'à sa mère, respectable. Peut-être parce qu'il l'aimait, lui. Il n'aurait pas voulu qu'à son égard ses procédés rappelassent ceux que, pour elle-même, Adélaïde acceptait. Non, leur amitié ne pouvait ressembler à cet amour ! Le regard de l'enfant le poursuivait. Que signifiait-il ? Qu'y avait-il derrière cette apparente indifférence ?

IV.

Ce soir, Basile avait peine à s'endormir. Corinne l'avait exaspéré en lui demandant « si quelque chose l'avait contrarié ». Contrarié ? Il était bien question de cela ! Non, son univers tout d'un coup lui avait paru s'effondrer. Pourquoi ? Il n'eût pas su le dire, mais quelque chose de lourd était dans son cœur, ce soir, qui l'étouffait. Cela datait très exactement de l'instant où il avait vu Pascal enlacer sa mère. Oh ! À peine vu ! Il s'était détourné rapidement, en enfant bien élevé qui sait qu'on ne doit pas voir certaines choses ! En enfant sensible aussi, et délicat. Il avait eu honte d'avoir vu comme s'il avait ainsi participé à l'action elle-même. Honte aussi de son rôle, d'être un spectateur qui ne compte pas, dont on paraît ignorer même la présence et le fait qu'il pense, honte d'avoir joué le personnage de l'enfant inconscient qui rit de ce qui devrait le faire pleurer, dont les réflexions naïves, tombant parfois avec d'autant plus d'à propos qu'il est moins recherché, sont une source d'amusement pour les grandes personnes qui les provoquent et s'en moquent. C'est si drôle la candeur des autres ! Et le contraste n'est-il pas piquant et d'un plaisir raffiné entre la naïveté du spectateur et le jeu étudié des acteurs ?

C'est tellement plus excitant d'agir en présence de qui ne comprend pas, d'étonner, de choquer, peut-être de scandaliser, d'avoir ainsi à peu de frais le sentiment d'une supériorité ; surtout, parce qu'il est là, d'user d'une langue allusive, hermétique ; se comprendre et n'être pas compris, jouer avec le feu, mais avec ce raffinement de plaisir, d'essayer de n'être pas brûlé ! Subir la douce obligation du secret, avoir près de soi un obstacle au plaisir, fragile, mais suffisant à le différer et, par là même, l'accroître !

Oui, la présence de l'enfant était nécessaire, sa fraîcheur allait, l'instant d'après, donner plus de saveur aux jeux qui l'excluaient.

Tout cela, Basile s'en rendait obscurément compte et se sentait méprisable. Non qu'il fût coupable, mais ne peut-on pas se croire sali de participer au mal, même involontairement ? N'en est-on pas, à tout le moins, privé de quelques illusions ? Sa mère !... Oh, sans doute il n'avait jamais eu pour elle cet amour violent, exclusif que certains connaissent. Elle s'était, en somme, assez peu occupée de lui, le mettant en nourrice, puis en pension. Aux vacances, la vie de famille ne les réunissait que superficiellement. Jamais il n'avait eu l'impression d'être tout pour sa mère. Il en concluait presque qu'il n'était rien pour elle. Jamais elle n'avait cherché à attirer son fils dans son intimité et il en ressentait un grand isolement. Sans doute, il aimait sa mère… parce que c'était sa mère, et qu'elle était gentille pour lui. Mais sa vie, sans elle, n'eût point perdu son sens. Sa vie, profondément, se passait d'elle. Aussi peut-être n'était-ce pas à cause d'elle qu'il avait souffert ce soir, il ne l'aimait pas assez pour en être jaloux ! Pascal, près d'Adélaïde, ne lui avait pas paru prendre sa place à lui, mais celle de son père.

Son père… le temps où il vivait encore lui semblait si proche ! Deux ans pourtant s'étaient écoulés depuis qu'un soir de grandes vacances on avait appris le naufrage de son beau navire. Un soir très chaud, où les feuilles, aux arbres du parc, tremblaient à peine. Basile jouait avec sa sœur à chat perché, il avait un costume bleu et il riait, il avait douze ans. Un courrier à cheval avait monté l'allée, était entré au Manoir, était reparti quelques instants plus tard. Le temps de poursuivre Corinne et de l'attraper une fois : c'était assez long, car si elle courait mal, elle trichait bien ! Et puis Corinne n'avait plus voulu jouer et Basile était rentré à la maison, soudain triste. Il avait cherché sa mère au lieu d'aller comme d'habitude dans sa chambre lire *Le Robinson*

Suisse. Inquiet, ne l'ayant pas trouvée au salon, il était monté, en courant, à sa chambre. L'escalier était très ciré, il avait manqué glisser.

Adélaïde était assise, immobile, la tête dans les mains. Soudain, il avait eu peur de la déranger, d'être grondé… il avait réalisé ce que sa crainte subite avait d'irraisonné, son attitude d'insolite. Il s'était arrêté, prêt à repartir. Alors, elle l'avait aperçu, lui avait fait signe de venir près d'elle. Un parfum très lourd emplissait le boudoir. L'enfant se souvenait mal de ce qui avait suivi. Très pâle, quand sa mère lui avait annoncé, faisant appel à son courage de garçon, de fils de marin, que son père avait fait naufrage, que, doutant si tous les hommes avaient pu être sauvés, incertain d'être le dernier à bord, l'amiral avait choisi d'accompagner son beau vaisseau dans les abîmes et dans l'éternité : son devoir !... Très pâle, Basile n'avait pas pleuré. Ses lèvres avaient remué pour parler, mais sa gorge était trop contractée par l'effort qu'il faisait pour rester calme. Il ne voyait qu'une chose : cruellement, il avait ressenti que sa douleur n'était pas celle de sa mère, que son courage à elle était fait d'indifférence. Cela lui était égal, égal !...

Comme un fou, il s'était sauvé dans sa petite chambre où, si souvent, le soir, il avait prié pour son père : « Que Dieu le préserve des dangers de la mer ! », où il avait songé, s'endormant solitaire, à son prochain retour. On irait le chercher à Brest ; sur la jetée on verrait arriver son beau navire portant sa marque, majestueux et lent, voiles repliées, glissant sur les eaux calmes de l'immense rade. Et le vaisseau amiral s'immobiliserait dans le silence joyeux de la foule qui regarde. Et Basile aurait deviné son père sur la dunette !

Et puis, ils seraient revenus tous ensemble au Manoir. Monsieur Sartilly aurait interrogé le petit garçon sur sa vie au collège, ses plaisirs de vacances. Et Basile, très fier, lui aurait montré tout ce que l'amiral ne connaissait pas au château, ce qui avait, en son absence, changé et que le petit avait la supériorité de connaître comme choses familières. Il aurait l'impression, si rare pour lui, d'être quelque chose dans sa famille, d'exister comme une personne parce qu'il y avait quelqu'un pour s'en apercevoir, d'être aimé.

Et, le soir dans sa chambre, avant qu'il ne s'endorme, il aurait vu venir l'embrasser, lui dire : « Bonsoir, mon grand ! », son père, l'amiral ! Il n'aurait plus été seul, il aurait pu reposer son âme sur une âme plus forte et qui l'aimait. Et, en s'éveillant le matin, il aurait tout de suite ressenti la présence de son père dans la maison, pensé « qu'il était là », parce qu'il le verrait, qu'auprès de lui il ne serait pas de trop… Même, il avait l'obscur sentiment qu'alors il comptait plus que sa mère. Il était le préféré de l'amiral qui aimait toujours l'avoir à ses côtés, lui parler, passer la main dans ses cheveux, l'embrasser. Jamais il n'en faisait autant avec Corinne, et semblait très froid avec Adélaïde. Basile était presque sûr que c'était à cause de lui surtout que l'on voyait encore son père au château. Il ne lui semblait pas être aimé tout à fait comme les autres enfants le sont de leurs parents. Peut-être pas plus, mais différemment, pour lui-même… alors que la plupart des garçons et des filles ne sont aimés de leurs parents que parce qu'ils sont leurs enfants. Sans cette qualité qui leur donne toutes les autres, bénéficieraient-ils de quelque affection, quelque attention ? On les aime par devoir ou par habitude, ou par l'affection envers soi-même qu'on retrouve en eux.

Il n'en était pas ainsi de Basile et il le sentait. Pour l'aimer, l'amiral n'avait pas besoin de raisons, son affection pour l'enfant se passait d'autre lien. Étranger, il l'eût été de même.

Son père ! Basile pensait plutôt son ami. Quelle que fût la distance qui séparât le petit garçon de l'amiral, l'amour de ce dernier ne descendait jamais comme une grâce ou un devoir accompli, mais, spontanément, les mettait au même niveau. Affranchis de leurs positions familiales respectives, ils se comprenaient si bien ! Le peu de temps qu'il restait au Manoir, Monsieur Sartilly n'avait besoin de rien commander à Basile. À peine suggérait-il, l'enfant s'identifiait tellement à sa volonté ! Chose curieuse, alors qu'il semblait normal au petit garçon que sa mère le commandât, même s'il devait ne pas obéir, s'il s'était agi de son père, cela l'eût choqué bien qu'il eût coutume de conformer en tout sa volonté à la sienne. Non qu'il ne le reconnût pas comme supérieur, mais il le sentait semblable profondément, par delà toutes les différences de degré. Comme lui, près de lui il se sentait homme, à cause de lui.

Et cependant, pour un père, il n'y a jamais que des enfants. Pourquoi Basile avait-il cette sensation d'être davantage ? Et c'était bien cela qui lui rendait incomparable la présence de l'amiral. N'avoir vis-à-vis de lui d'autres infériorités que celles qu'il ressentait, être soi-même près d'un autre, soi-même avec ses insuffisances, mais avec celles-là seulement et non plus celles, insurmontables, qu'impose d'ordinaire la filiation. Être un garçon avant d'être un fils !

Un petit garçon heureux ! Cela, il ne pourrait plus jamais l'être de la même façon depuis ce jour d'été où il avait su que l'amiral avait sombré avec son navire et que sa mère s'en moquait. Depuis ce jour-là, il avait pu être être joyeux, gai, ravi, enchanté… heureux profondément, non ! Un souvenir l'en empêchait, une présence lui manquait. Mais, au long des jours, au collège surtout, il n'avait pas le temps ni le besoin de s'apercevoir que le bonheur vrai lui manquait. La vie quotidienne au rythme des heures monotones et occupées se passe peut-être plus facilement de bonheur que de joie, de joie que de plaisir, et à quatorze ans le plaisir manque rarement. Il n'avait pas oublié, mais il pouvait vivre comme s'il ne se souvenait pas.

Pourquoi, ce soir, sa mère lui avait-elle, en la laissant prendre, rappelé qu'une place était vide, qui ne pourrait jamais, pour Basile, être remplie par un autre ? Pourquoi ce soir ? Il avait passé une bonne journée, il avait eu plaisir à voir Henri : bien qu'il le connût depuis peu de temps, c'était déjà un ami. Mais pourquoi Haqueville avait-il voulu répéter les gestes dont l'amour de Basile avait fait un monopole à son père ? Pourquoi avait-il touché si tendrement sa main, comme aimait à le faire l'amiral ? Prétendait-il lui succéder, comme Pascal auprès de sa mère ? Pascal ! Un si bon camarade ! Sans doute faisait-il ce qu'un autre eût fait à sa place, les grandes personnes sont si bizarres ! Son oncle même, l'armateur du Havre, semblait assez disposé à prendre la place de l'amiral. Peut-être était-ce normal ? L'enfant n'en savait rien. Mais il savait qu'il souffrait et que cette nuit, alors que deux heures venaient de sonner, il ne dormait pas encore. Quelque chose de lourd sur son cœur l'oppressait. Il ne s'apercevait même pas qu'il pleurait.

V.

Accoudé au bastingage de son charmant yacht blanc, Octave Sartilly pouvait, à travers la fumée bleue de son cigare, apercevoir le promontoire granvillais. Mais, au-delà, son esprit devinait déjà un manoir à l'ombre de grands arbres, des pelouses bien entretenues… et le charme d'Adélaïde, la veuve de son frère, sa maîtresse ! Il l'avait toujours aimée. Ses premiers souvenirs d'elle dataient de l'enfance. Il se rappelait la première fois qu'il l'avait rencontrée lors d'une réception dans un château voisin. Il était avec son frère Aimery et sa sœur Caroline devenue depuis Madame de l'Assardière. Il n'avait, toute l'après-midi, joué qu'avec elle. Il devait alors avoir quinze ans, et elle, dix ou onze. Il ne l'avait jamais oubliée. Souvent, il la rencontrait chez des amis de ses parents, toujours avec émotion. Aimery ne paraissait pas la remarquer, ses amis de collège l'intéressaient davantage. Et la vie les avait séparés. Il s'était laissé marier à la fille d'un grand armateur du Havre, avait succédé à son beau-père à la tête de ses entreprises, était riche, s'ennuyait. Le mariage de son frère aîné l'avait fait se souvenir de sa petite amie d'hier, il avait revu avec joie Adélaïde ; celle-ci l'avait retrouvé avec une indifférence aimable. Depuis quelques années seulement, leurs rapports s'étaient faits plus étroits : c'était Hippolyte qui les avait rapprochés. Sa liaison supposée, que son amitié certaine pour Adélaïde accréditait, avait levé les scrupules et encouragé l'audace d'Octave. Il s'était aperçu qu'Adélaïde appréciait en lui toute autre chose que sa timidité. Si même Hippolyte n'était pour elle qu'un ami, Octave était certain de n'être pas le premier amant. Elle lui était restée chère, il aimait Madame Sartilly, mais Adélaïde, la petite amie de ses quinze ans, était morte ! Et Octave, au fond de lui-même, ne pardonnait pas à Madame Sartilly de l'avoir tuée ! Ses nouveaux souvenirs ne valaient pas un instant de plaisir. Les anciens lui étaient un bonheur très doux sur qui ne pouvaient rien les changeantes circonstances. Il lui semblait avoir sacrifié, au présent, l'éternel. Pour un plaisir qu'il eût trouvé semblable avec une autre, il avait détruit un rêve unique. L'exemple apparent d'Hippolyte lui avait été funeste. Pouvait-il d'ailleurs attendre quoi que ce soit de bon de cette famille Haqueville ? N'étaient-ce pas des concurrents, redoutables même, souvent victorieux, toujours menaçants ?

Le yacht virait de bord pour arriver face à l'entrée du port de Granville. Monsieur Sartilly apercevait derrière les quais neufs, rendus inutiles par l'abandon des plans d'agrandissement du port, la façade majestueuse et lourde de la maison Haqueville. Un sourire amer déforma sa bouche : une façade solide, mais que masquait-elle ? Adélaïde, qui vivait près d'eux et connaissait Vinay lui avait appris que la sérénité de François d'Haqueville cachait plus de soucis que, d'ordinaire, on l'imaginait. Octave était bien décidé à lui en créer d'autres ! L'armateur du Havre ne pourrait considérer sa prospérité comme définitivement acquise que par la ruine de son concurrent. Mais il n'y avait pas à sa rivalité, il devait bien le reconnaître, que des raisons commerciales. Au fond de son cœur, il détestait les deux frères Haqueville : François pour la vigueur de son intelligence, l'admirable équilibre de son corps, alors que lui était toujours malade. Aussi parce que ç'avait été un ami de son frère, l'amiral, et qu'il avait joué un rôle dans le mariage de ce dernier avec Adélaïde. Et il avait toujours, au fond de lui-même, jalousé son frère aîné, plus brillant que lui, si différent surtout, et dont la carrière éclatante avait fait le « grand homme » de la famille. De le croire supérieur, il avait toujours souffert. Et davantage encore lorsqu'il devint le mari d'Adélaïde, sa petite amie d'enfance. Maintenant, il était bien vengé de lui ! Il lui restait à détruire François, et Hippolyte, ce grand seigneur méprisant et froid, ce dandy trop élégant qui s'était permis d'aimer Adélaïde et avait été probablement davantage pour elle qu'un fidèle ami.

À ce sujet, Octave préférait n'avoir aucune certitude. Mais la présence de Basile lui déplaisait. Cet enfant avait les yeux pareils à ceux de sa mère, si beaux. Mais l'armateur, en lui, devinait une race étrangère aux Sartilly. N'avait-il pas, ce jeune garçon, déjà la froideur hautaine du commandant des vaisseaux de l'empereur, Hippolyte Alexis d'Haqueville, la grâce élégante de ses gestes, de ses attitudes ?

C'était peut-être une impression sans fondement. Octave savait bien qu'l est des ressemblances qu'aucun lien du sang n'explique, mais il avait toujours ressenti pour l'enfant la même hostilité qu'à l'égard d'Hippolyte. Peut-être était-ce là, pour lui, la meilleure preuve ?

Le yacht franchissant lentement l'entrée du port alla s'accoster le long du quai que surplombe l'orgueilleux rocher de la vieille ville. L'après-midi finissait.

VI.

Quelques heures plus tard, après avoir été rendre en l'hôtel de l'Assardière ses devoirs à sa sœur Caroline et sacrifié ainsi à l'autel des potins provinciaux et des convenances mondaines, Octave Sartilly prenait le chemin du Manoir. Le trajet n'était pas long en voiture, juste le temps de retrouver l'atmosphère de ses précédents voyages, intacte, dans les façades tristes de granit des rues étroites qu'emplissait l'odeur âcre du vent de mer, dans la route rectiligne, aussi, qui leur succédait, bordée d'arbres jeunes et déjà rabougris.

Tout cela, si rude, prenait au soleil déclinant quelque douceur qu'accentuait la chaleur de l'été, étrange en ce paysage si froid et qui semblait attendre la nuit avec impatience pour devenir lugubre.

Rien n'avait changé, non plus que l'accueil toujours affectueux de sa sœur et de sa nièce plus belle que jamais. Une chose cependant inquiétait Octave : Caroline lui avait dit en grand secret qu'elle projetait un mariage très avantageux pour sa fille avec l'aîné des Haqueville. Elle était presque sûre de l'amour de Charles pour Éléonore. La réalisation de ce projet consacrerait l'union de ces deux familles importantes. Cela affermirait la position des Haqueville dans un moment critique de leur concurrence avec les Sartilly. Peut-être était-ce l'intérêt de sa nièce ? Octave était certain que ce n'était pas le sien. S'il ne dépendait que de lui, ce mariage ne serait pas encore pour demain. Marier Éléonore à un Haqueville, quelle idée ! C'était bien une trouvaille de Caroline… ou de Pascal ! Était-ce lui qui les avait rapprochés ? Octave aurait aimé parler à son neveu, il avait regretté qu'il ne fût pas chez lui, dînant « chez des amis ».

Peut-être le verrait-il demain avant son départ ? Il ne lui était pas indifférent de s'en faire un allié contre les Haqueville.

VII.

— Monsieur arrive bien, le dîner de Madame va être servi. Si Monsieur veut entrer au salon, le neveu de Monsieur a précédé Monsieur…

Octave regarda avec étonnement le vieux valet de chambre dont le visage, si parfaitement inexpressif d'ordinaire, semblait grimacer un sourire. Son neveu ?...

Lorsque, entré au salon, il vit, près d'une fenêtre, assis l'un à côté de l'autre, Adélaïde et Pascal, son premier mouvement fut d'être satisfait : il allait pouvoir s'entretenir avec lui. Il ne fut qu'ensuite surpris et choqué. Caroline lui avait dit : « Chez des amis », Pascal avait-il des raisons de ne pas révéler où il dînait ce soir ? L'intimité si discrète de la tante et du neveu lui parut, de ce fait, moins légitime. Madame de l'Assardière ne devait-elle pas, normalement, être la première au courant des invitations de sa belle-sœur à son fils ? C'était étrange !

Il affecta de ne rien soupçonner. Adélaïde, visiblement surprise de son arrivée soudaine, était trop maîtresse d'elle-même pour laisser paraître la moindre contrariété ou le moindre embarras. Pascal fut parfait d'inconscience. La situation, visiblement, l'amusait, partagé qu'il était entre le désir de justifier sa présence et celui de choquer un peu la vertu, dont il n'avait aucune raison de douter, d'oncle Octave.

— Ma mère a dû vous dire que j'allais dîner avec des amis — chez ma tante — mais ils viennent de faire dire qu'ils ne pourront venir : une stupide migraine. On dirait vraiment qu'ils le font exprès pour nous laisser dîner en famille… ils avaient sûrement prévu votre arrivée, oncle Octave, acheva Pascal avec un sourire des plus innocents.

— Ce n'est pas votre cas, j'imagine, lui répondit Octave d'un ton aussi badin. Voyez-vous, j'avais cru comprendre que vous dîniez « chez » des amis. Je suis si distrait ! Sans cela, je ne serais pas venu troubler votre dîner, Adélaïde…

— Alors, il est heureux que vous ayez mal compris, lui répondit-elle avec le même calme. Vous savez bien que vous êtes toujours le bienvenu. On dirait vraiment que vous voulez vous faire dire des compliments, mon cher !

L'arrivée de Basile et de sa sœur mit fin à cette charmante querelle. Les enfants embrassèrent leur oncle, Corinne fougueusement, son frère froidement, après quoi il quitta aussitôt la pièce. On ne le retrouva qu'à table.

Le dîner fut charmant, mais Octave était persuadé qu'au-delà des jeux de leurs esprits cultivés et spirituels chacun suivait une pensée, et s'ennuyait. Le regard d'Adélaïde traduisait, lorsqu'elle ne se sentait pas observée, une tension, un énervement qui ne lui étaient pas familiers. Pourquoi Octave était-il arrivé sans prévenir ? Et Pascal aurait dû comprendre et s'en aller ; lui, elle était sûre de le retrouver demain, tellement sûre qu'elle ne le désirait plus, ce joli garçon trop fier de ses yeux bleus et de ses cheveux noirs. Mais Octave, lui, ne restait jamais longtemps : ce dîner était du temps perdu !

Pascal s'amusait moins qu'il ne l'avait pensé ; la présence de son oncle détruisait toute intimité ; pour lui aussi c'était une soirée perdue. Il ne pourrait décemment rester après Octave au Manoir ! Si Corinne ne faisait que ressentir confusément la gêne générale, Basile, lui, en souffrait. Son regard allait de Pascal à son oncle, d'Octave à son cousin. Ils pouvaient être deux maintenant, ils ne pouvaient remplacer l'amiral. Comment Maman faisait-elle pour ne pas voir la différence ? Son petit garçon la sentait si bien qu'elle lui faisait mal !

Octave n'avait jamais ressenti à cette table pareille impression de gêne. Lui-même ne pouvait détourner sa pensée de Pascal. Quelles que puissent être ses relations avec Adélaïde, il était nécessaire de ne pas laisser dans la place un rival aussi dangereux ; l'éloigner ce soir était assez facile, même s'il fallait partir avec lui, mais demain, lui parti ? Il avait bien oublié Éléonore et Charles…

— Henri m'a dit de te dire, Basile, qu'il avait vu un poney exactement semblable au tien. À propos, continua Pascal comme l'enfant disait « Ah ! » d'un air absent, vous savez ce qu'Henri vient de me dire ? Son oncle Hippolyte revient. Son vaisseau est arrivé à Brest, Monsieur d'Haqueville l'attend la semaine prochaine.

Chose curieuse, cela fit plutôt plaisir à Monsieur Sartilly, certain que ce retour ne ferait que brouiller les cartes : Pascal ne serait plus seul, l'ami fidèle revenait ! Octave regarda Basile occupé à peler une pêche. Hippolyte avait cette façon un peu méprisante de s'abstraire parfois des conversations environnantes, de tenir fermées les portes de son jardin clos. Puis ses yeux se portèrent sur Adélaïde. Il n'était plus besoin de chercher un moyen de brouiller Pascal et sa famille avec les Haqueville, cette femme suffisait. Son esprit positif d'homme d'affaires prenait en ce moment la place de ce qu'il eût senti lui-même exagéré de nommer sa « passion ». Ces intrigues n'allaient pas fortifier la position de ses concurrents. Ce scandale même qu'on pourrait faire éclater bien qu'il risquât d'éclabousser même d'honorables armateurs du Havre… Oui, cette rivalité était excellente, mais elle ne devait pas faire oublier que la présence de Pascal était — beaucoup plus que celle d'Hippolyte — un danger qu'il faudrait bien un jour conjurer. Octave avait confiance, les événements lui indiqueraient en temps utile ce qu'il devrait faire, ou agiraient à sa place, avec la sagesse incompréhensible et rassurante des faits.

À Adélaïde qu'il put, un moment après dîner, entretenir seul à seule, Octave n'eut pas le ridicule de faire des reproches ; mais il profita de la supériorité que lui donnait l'ambiguïté de la position de la veuve de l'amiral pour solliciter son concours : le mariage projeté entre Charles et Éléonore consoliderait la position des Haqueville que lui, Octave, avait tout lieu de croire compromise. Quelle meilleure preuve d'amitié pourrait-elle donner, Adélaïde, que de s'employer à faire ajourner et, si possible, échouer ce projet ? Elle pourrait même utiliser à cette fin Pascal, ce neveu si empressé !...

— Oh ! Ne soyez pas jaloux. Cet enfant m'empêche de mourir d'ennui en votre absence, c'est tout son rôle ici ! lui expliqua Adélaïde avec une aisance souveraine et méprisante. Si je puis le faire vous aider, il me deviendra peut-être sympathique. Mais ne me laissez pas si longtemps seule !

Corinne s'approchait. Octave se leva.

— Tu reviendras avant ton départ ? demanda-t-elle en lui tendant la main. Ce soir, il faut que tu partes avec Pascal. Il ne doit pas douter de la vertu de son oncle !

Au moment du départ, Basile manquait pour embrasser Octave. Adélaïde l'excusa : sans doute était-il allé se coucher, fatigué.

Dans la voiture qui les ramenait vers la ville, Monsieur Sartilly interrogea Pascal sur ses projets d'avenir. Ses études terminées, que comptait-il faire ? Allait-il s'enterrer à Granville ? N'aimerait-il pas voyager comme son père ?

— Mon intention est toujours d'être officier de marine comme tous mes aïeux. Je n'ai pas beaucoup de goût pour la discipline militaire, mais j'aime la mer et les grands périples. J'aimerais tant pouvoir être un simple pêcheur et partir avec les terre-neuvas !

Octave regardait à la lueur des lanternes surgir, un instant, du mystère de l'ombre, les arbres du chemin. C'est d'une voix hésitante, contenue, qu'il dit, s'efforçant à l'indifférence :

— Mais… que penserais-tu d'accompagner ma flotte à Terre-Neuve, cette année ? Tu serais l'adjoint du capitaine, c'est une vie un peu rude, mais digne de ta vigueur. »

Lorsqu'il entendit son impétueux et bouillant neveu accepter avec enthousiasme, Octave Sartilly eut l'impression d'avoir bien travaillé. Il tenait le moyen d'éloigner un rival et de brouiller les Haqueville et la famille Assardière.

Décidément, les dieux étaient avec lui !

CHAPITRE V : Le Commandant des Vaisseaux de l'Empereur

I. Le jour où il revint.

Le jour où il revint devait ressembler aux autres et n'être ni plus lumineux, sans doute, ni plus sombre. Mais il parut à Vinay aussi lugubre que radieux à l'armateur. Et cela d'autant plus que le secrétaire était obligé d'épouser les apparences du contentement patronal. Déjà, la nuit précédente, il avait mal dormi, Hippolyte ayant écrit qu'il avait quitté Brest à destination de Granville.

Ainsi, il revenait !

La jalousie de Vinay pour son patron se nuançait d'une certaine admiration ; elle était à l'égard d'Hippolyte sans mélange et depuis le dernier séjour de celui-ci à Granville, était devenue une véritable haine.

C'était l'été 1865… il y avait de cela deux ans. Sa fille Léocadie avait seize ans. Ses études terminées, elle était revenue chez son père. Elle était souvent à la maison Haqueville. Coquette, plutôt jolie. Le patron n'avait pas paru la remarquer, Vinay avait mis tous ses espoirs en Hippolyte, il avait même fait un rêve : sa fille deviendrait Madame d'Haqueville, elle serait considérée, remarquée, elle serait riche, car il était temps encore pour redresser la barre et sauver la firme de la catastrophe. À ce prix, Achille était prêt à travailler avec encore plus d'ardeur à la fortune de la famille d'Haqueville qu'il ne le faisait à sa ruine !

Et Hippolyte était venu, récemment nommé capitaine de vaisseau, apporter à son frère aîné l'hommage de ses nouveaux galons. Son séjour avait été l'occasion de fêtes continuelles ; très aimable avec ses neveux, très recherché de toutes les jolies femmes de la région, il n'avait prêté aucune attention à la fille du parfait secrétaire et les avances de celle-ci avaient été d'autant plus inutiles qu'inaperçues. Une fois même, sachant qu'il faisait une promenade en cab, elle s'était assise sur le bord de la route, simulant une entorse. Aussi galant qu'indifférent, le commandant était descendu de voiture, l'avait fait monter à sa place et avait donné l'ordre au cocher de la conduire chez elle. Quant à lui, il reviendrait à pied, cette promenade lui ferait du bien !

Achille lui avait encore moins pardonné que Léocadie qui, depuis, avait trouvé des consolations en la personne d'un commis greffier du Tribunal du Commerce. Lui ne pouvait espérer d'autre satisfaction que de précipiter la ruine de cette famille abhorrée qui avait eu l'insolence d'avoir sa mère comme domestique. Il pouvait aujourd'hui mesurer le chemin parcouru ; il avait bien travaillé. Lentement, mais avec la certitude implacable des déclins, la vieille et célèbre maison s'acheminait vers l'effondrement. Patiemment, il avait sapé l'effort de redressement de François d'Haqueville, aidé par la totale confiance que ce dernier mettait en son secrétaire. Par Adélaïde auprès de qui il s'était insinué, il avait été mis en rapport avec Monsieur Sartilly. L'armateur n'avait pas été long à reconnaître de quel intérêt pour lui était cette faille chez son concurrent. Vinay avait accepté de l'argent, mais il l'eût servi sans cela : Monsieur Sartilly était son instrument. Les sommes que donnait Octave, d'ailleurs, semblaient minimes en regard de la fortune du secrétaire qui s'accroissait dans l'exacte proportion où celle de son maître diminuait.

Un moment, l'intention de Monsieur d'Haqueville de faire venir son fils dans l'affaire avait inquiété Vinay, mais, réfléchissant qu'un jeune homme entiché d'art et de littérature apporterait plutôt du trouble dans la maison, il avait été le premier à approuver ce projet. Il s'en félicitait maintenant : l'inexpérience de Charles était un paravent idéal.

Mais aujourd'hui, c'était Hippolyte qui revenait : celui-là était à craindre. Non qu'il se souciât d'affaires, « argent n'est point souci de gentilhomme », aimait-il à répéter, mais il serait un réconfort pour son frère et Vinay le savait assez intelligent pour s'adapter aux circonstances. Il craignait aussi sa perspicacité, son caractère sceptique, à la fois indulgent et soupçonneux, sans illusion comme sans aigreur. Aurait-il dans les agissements du parfait secrétaire autant de confiance que l'armateur ? Vinay craignait aussi son influence sur Madame Sartilly. Il connaissait leur amitié. Ne risquait-elle pas de rendre la veuve de l'amiral moins attentive aux intérêts de son beau-frère ? Et puis Monsieur d'Haqueville avait parlé, à plusieurs reprises, de confier à son frère le commandement de sa flotte de terre-neuvas. Et il fallait que cette expédition échouât sinon la ruine était écartée peut-être définitivement. Et Hippolyte était un excellent marin !

Non, Achille ne pouvait écarter l'inquiétude de son esprit ni même l'angoisse. Il n'est peut-être rien de plus troublant, pour une âme agitée de violents désirs, que la proximité même du but auquel, depuis si longtemps et de toutes ses forces, elle tend. La vue du port et des vaisseaux paisibles lui fait mieux mesurer la profondeur de la houle qui la porte, et la vanité possible de l'effort accompli dont elle ressent à cette pensée toute l'épuisante fatigue l'étreint d'une anxiété si forte, aussi intense que le désir dont elle procède, qu'elle lui rend présent le péril même qu'elle redoute.

Cette journée, décidément, était lugubre…

*

Ils s'étaient, cette après-midi-là, accordé un congé et ses fils l'accompagnaient à cheval le long du chemin qui, par les dunes, conduit à Saint-Pair. Pareille promenade, ensemble, était rare. Ils étaient joyeux.

— Quelle splendide journée ! remarqua François d'Haqueville alors que l'on s'arrêtait sur la pointe de la roche Gautier pour regarder le développement de la baie jusqu'à la pointe boisée de Carolles. Par delà celle-ci, on pouvait deviner la flèche légère de la forteresse du Mont-Saint-Michel dont les ancêtres des Haqueville avaient jadis été chevaliers. Charles se rappelait l'émotion qui l'avait saisi, jeune garçon, la première fois qu'on lui avait montré le nom de son aïeul gravé parmi ceux de ces chevaliers de légende. La fierté qu'il en avait ressentie lui avait mieux fait mesurer son insuffisance à égaler ces héros. Comme ce preux, il aurait tant aimé laisser sur la terre une marque, un nom qui vienne de lui ! Henri, près du tombeau, caressait un jeune chat que le hasard y avait amené.

— Tu crois qu'il aimait les chatons, notre ancêtre ? avait-il demandé, levant ses yeux profonds d'enfant où semblaient se perdre des siècles de pensée et d'amour. Peut-être qu'il me ressemblait ! »

La question avait paru si drôle que Charles et son père encore aujourd'hui s'en souvenaient. Henri seul ne se la rappelait pas. Il n'était pas alors à l'âge où l'on se regarde vivre ! Après tout, il n'avait pas tort, le preux chevalier avait été un petit page du temps de sa jeunesse… Page… le mot charmant ! Il évoquait aujourd'hui pour Henri l'insouciante beauté de Basile, sa grâce instinctive, la splendeur unique de son printemps. Et cette image lui rendait le chemin encore plus joli.

Sans doute, son amitié pour l'enfant paraissait être encore unilatérale, mais il ne détestait pas qu'elle le restât au moins un moment : elle lui apparaissait plus pure, plus gratuite, aussi nécessairement désintéressée que l'était sans doute en ce moment le « sentiment » de son frère pour Éléonore : à peine s'étaient-ils revus une fois ou deux et la timidité de Charles avait été pareille à celle du premier jour. Il ne se reconnaissait plus. Si entreprenant à Paris, était-ce l'atmosphère de Granville qui le rendait muet ? Ou bien préférait-il qu'elle parlât à un autre pour pouvoir mieux l'examiner ? Il croyait toujours n'aimer en elle que le modèle de sa toile, cette toile que son nouvel emploi du temps de bureaucrate l'empêchait d'achever... et qu'à cause d'elle il détestait autant qu'il le méprisait.

Après avoir quitté les falaises à l'entrée du bourg, les chevaux prenaient la route qui monte en serpentant jusqu'à Saint-Nicolas. Du haut de la côte, le panorama était superbe. La vue de la mer ne lassait jamais Monsieur d'Haqueville, mais aujourd'hui elle lui apparaissait plus accueillante que jamais elle ne l'avait été. Elle semblait déjà porter la flotte que commanderait Hippolyte, son espoir ! François avait lui-même peine à comprendre le sentiment de sécurité que la venue prochaine de son frère créait en lui. D'ordinaire, c'est en lui-même qu'il trouvait les raisons de sa confiance. Pourquoi maintenant dépendait-il tant d'autrui ? Son frère !... Espérait-il tellement en lui ? Ou bien cherchait-il un ami sûr pour partager un fardeau devenu trop lourd même pour ses solides épaules ? Il eut été bien incapable de le dire. Il ne voulait pas chercher à comprendre. Il est besoin de croire, dans l'angoisse des nuits, que bientôt se lèvera le soleil.

Le chemin côtoyait le parc du Manoir. Henri fouillait de son regard perçant tous les recoins du jardin. Est-ce que Basile y jouait ? Il ne vit que des paons qui, lentement, se promenaient sur la pelouse et demanda :

— Quand mon oncle sera là, nous irons faire une visite au Manoir, sans doute ?

— Certainement, mais Hippolyte désire probablement se reposer d'abord quelque temps, peut-être même voudra-t-il aller dans sa propriété de Vire avant d'accepter toutes les invitations qui l'attendent : déjà Madame de l'Assardière nous a tous invités à dîner chez elle dès que mon frère sera remis de son voyage.

François parut heureux de voir son fils Charles soutenir de toutes ses forces la priorité de cette invitation. Madame Sartilly n'était pas une fréquentation qu'il souhaitait beaucoup pour son frère non plus que pour ses fils. L'amitié qui unissait Hippolyte et Adélaïde l'avait même souvent empêché de confier à son frère certains de ses ennuis commerciaux. Il ne pouvait, lui, oublier qu'elle avait son concurrent comme beau-frère. Et puis, il y avait le doute au sujet de Basile. Jamais il n'avait, avec son cadet, abordé ce sujet ; mais le fait même qu'il préférât rester dans l'ignorance prouvait que, déjà, son opinion était faite, inconsciemment, car il n'avait aucune raison valable d'accuser son frère. L'enfant ne ressemblait à ce dernier que moralement et l'affection que paraissait lui porter Hippolyte pouvait avoir d'autres raisons.

Qu'importait d'ailleurs tout cela maintenant ? François était bien résolu à ne pas revenir sur ce qui pouvait, dans le passé, les avoir séparés. Il éviterait aussi d'étaler devant celui qui avait consenti à servir l'empereur, sa propre fidélité à la cause royale. Il essaierait d'oublier ce qu'il considérait comme un reniement, excusable sans doute puisque dans le but de servir la France, mais malgré tout indigne d'un gentilhomme normand. Il éviterait aussi de la railler sur ses goûts mondains, son ambition, sa naturelle arrogance. Il l'accueillerait comme ce qu'il avait toujours été, un frère très aimé.

*

Rue Saint-Gaud, une voiture était arrêtée devant le seuil. La porte était ouverte sur le hall dallé de marbre : il venait d'arriver.

*

Assis dans le grand salon surchargé de soieries, Hippolyte causait avec Sophie. Il avait pour sa belle-sœur une sorte d'admiration : elle comprenant si bien la profonde sensibilité que cachait sa froideur hautaine et savait par là, mieux qu'aucune autre, excuser ses fantaisies. Bien que plus jeune, elle avait à son égard l'indulgence, faite de connaissance profonde, d'une mère. Il était heureux qu'elle eût été là pour l'accueillir, il ne souhaitait pas retrouver seul cette maison, elle ne lui rappelait que peu de souvenirs. Ceux de son enfance et ceux de celle de son frère se rattachaient à la propriété de Vire qui lui était échue en partage à la mort de leurs parents et qui l'avait accueilli ensuite durant les rares séjours normands que lui permettait sa carrière de marin. À Granville, il n'avait jamais fait que passer ; l'invitation pressante de son frère l'avait surpris, leur amitié s'accommodait d'ordinaire fort bien de l'éloignement. Que lui voulait-on ? Il connaissait le caractère pratique de son aîné. Non, ce n'était pas pour le seul plaisir de le voir s'amuser avec ses fils ou rendre visite au Manoir que François l'avait fait venir. Il y avait une autre raison qu'on ne tarderait pas à lui révéler. En attendant, il n'était pas fâché de ne plus être en mer et de se retrouver chez les siens. Comme tous ceux qui ne la connaissent pas, il adorait la vie de famille.

Aussi accueillit-il son frère avec une amabilité affectueuse qui ne lui était pas coutumière. Son attitude ordinaire était une indifférence polie, sauf peut-être avec ses neveux pour qui il avait toujours été un oncle un peu fantasque, mais charmant.

— Henri ! Tu as changé ! Tu te souviens de mon dernier voyage quand nous allions en bateau à Chausey ? Tu avais seize ans, je crois. Heureusement, tu as toujours les mêmes yeux bleus, si sombres, que je comparais à la mer un soir d'orage. Tu ne regrettes pas trop le collège ? Et ton ami… comment…

— Pascal ? Il est ici chez ses parents.

Henri avait envie de dire à son oncle que ce n'était plus Pascal qui l'occupait, mais Basile. Il n'osa pas, à cause sans doute de la présence de ses parents, car la façon dont Hippolyte avait parlé de ses yeux bleus lui laissait supposer qu'il n'était pas devenu plus sévère à ce sujet que lorsqu'il jouait sur les plages de Saint-Pair ou de Donville avec les amis de ses neveux… avec Pascal notamment, qui ne semblait plus se souvenir de ces jeux.

— J'ai précisément à te transmettre une invitation de la part de Madame de l'Assardière. Elle veut nous recevoir à dîner pour fêter ton retour, intervint Monsieur d'Haqueville, peut-être pour changer la conversation, ou par simple association d'idées.

Henri se promit de reparler à son oncle. Sa venue décidément devait combler tout le monde : Charles y voyait une soirée avec Éléonore, la possibilité de s'évader plus souvent de l'ennui monotone du bureau. Et Madame d'Haqueville en était heureuse parce qu'elle songeait que ce devait être bon, après de longs voyages en mer, de se reposer.

Ce fut donc une soirée très agréable : elle l'eût été plus encore si Achille n'avait choisi le moment même du dîner pour apporter à Monsieur d'Haqueville une missive lui annonçant que le monopole des transports d'une importante société passait à son concurrent du Havre, Sartilly. Mais seule cette mauvaise nouvelle permit à Vinay de ne pas étouffer de rage avant le soir.

II. Jeux.

Le lendemain après-midi, le commandant d'Haqueville emmena Henri faire une promenade.

— Mon oncle, voulez-vous venir avec moi rendre visite au Manoir ?

Henri s'aperçut de la surprise d'Hippolyte qui lui demanda vivement :

— Pourquoi me proposes-tu cela ?

— Parce que… cela fait un certain temps que je n'y suis pas allé et que je n'ai pas vu Basile.

— Basile ? Hippolyte le regarda avec une inquiétude qu'il ne songeait plus à dissimuler. « Mais à quel titre t'intéresse-t-il ?

Ce fut au tour d'Henri d'être étonné : il avait envie de demander à son oncle pourquoi ce nom l'avait tant troublé. Il lui répondit simplement qu'il avait rencontré à plusieurs reprises ce jeune garçon :

— Il est charmant ! Il a des yeux plus bleus que les miens et j'ai pour lui beaucoup de sympathie.

— Ce qui veut dire ?

Hippolyte s'était arrêté, et, les mains posées sur les épaules de son neveu, le regardait intensément.

— Parlons franchement. Que lui veux-tu ? L'aimes-tu ou te joues-tu de lui ? As-tu pensé à ta responsabilité ? Ce n'est qu'un enfant !

— Soyez tranquille, j'ai trop d'amitié envers Basile pour vouloir n'être pas pour lui un "bon camarade". Non, je ne souhaite pas autre chose. Je l'aime de loin, comme un frère… comme tu m'as aimé, ajouta plus bas Henri. Ce n'est pas mal ?

Hippolyte l'embrassa sur le front, il souriait.

— Non, bien sûr ! Aime-le beaucoup, il le mérite. Mais souviens-toi que tu es responsable devant Dieu et devant toi-même de sa pureté. Si tu l'aimes vraiment d'ailleurs, je n'ai rien à craindre.

— “Je...?”

Tandis qu'ils se dirigeaient vers le Manoir, Henri cherchait à élucider cette identification. Basile ne pouvait cependant pas avoir été l'ami de son oncle. Son fils ? Certains bruits lui revenaient en mémoire, mais il avait peine à les croire. L'enfant serait alors un cousin germain ? Cela lui parut invraisemblable.

Adélaïde sembla étonnée de les voir arriver ensemble. Henri sentit que sa présence gênait. Il alla, sous un quelconque prétexte, rejoindre Basile qui était occupé, dans le parc, à ne rien faire. L'enfant ne parut pas très disposé à engager la conversation. Et Henri, gêné par l'intérêt que son oncle portait à cet enfant, manquait d'assurance. Surtout, il se demandait s'il ne manquait pas de désir : que voulait-il exactement de ce gamin ? L'aimait-il ? Près de lui, il en doutait et Basile semblait si loin d'imaginer qu'il pût exister entre eux autre chose qu'une camaraderie assez froide. Les gestes les plus clairs n'étaient pas compris ou volontairement ignorés. Pouvait-il, à quatorze ans, être innocent, ou se moquait-il de lui ? Il était malaisé à Henri d'en décider, mais cette attitude le mettait dans une position difficile. Ses initiatives étaient inutiles ou ridicules. Basile semblait beaucoup plus occupé de ce qui se passait au salon que de ce qui pourrait se passer au jardin. Il n'était pas impossible que l'opinion inverse fût celle d'Hippolyte ou d'Adélaïde, car ceux-ci sortirent bientôt du Manoir pour venir les rejoindre.

Henri enrageait d'avoir ainsi perdu son temps en complications sans intérêt. Il avait l'excuse d'avoir cru l'entrevue plus longue.

Basile, dès qu'il la vit, bondit près de sa mère. Plus rien ne semblait compter pour lui. Henri avait envie de prendre congé quand il vit arriver dans l'allée Pascal monté sur une jolie pouliche grise. On ne pouvait venir au Manoir sans le rencontrer ! Autant que Basile, bien que différemment, il en était l'indispensable complément. Si l'enfant en était la grâce délicate, il en figurait la beauté agressive et triomphante.

Henri admira l'impeccable façon dont il sauta à bas de sa monture, ce qui ne l'empêcha pas de remarquer la gêne d'Adélaïde ni le regard scrutateur d'Hippolyte.

— Pascal, lui dit ce dernier en lui serrant la main, tu es devenu ce que tu étais déjà : le plus charmant garçon de la province ! Tu aimes toujours les promenades en barque ? ajouta-t-il en souriant.

— Oui, mais l'aime aussi la campagne, lui répondit-il en regardant Adélaïde.

— Nous avons décidément les mêmes goûts ! » La voix du commandant s'était faite plus froide. « Pourvu que nos moyens de les satisfaire ne se heurtent pas trop !

— Voulez-vous, intervint Adélaïde, que nous prenions la voiture et que nous allions goûter à l'auberge de Donville ? »

Basile accepta avec enthousiasme, ainsi que Corinne qui arrivait, comme toujours, d'une de ses « courses en ville » aussi imprécises dans leur destination que fréquentes dans leur succession. Les suivirent : Henri pour Basile, Pascal pour Adélaïde, Hippolyte à cause des deux derniers.

Basile partit aider le cocher, Henri eut la paresse de le suivre et la politesse de ne pas le faire. Bientôt on put monter dans la grande berline, Basile voulut se mettre à côté du cocher.

« Cela devait arriver, pensa Henri, je n'ai pas de chance aujourd'hui ». Il s'assit près de Corinne et s'ennuya. À plusieurs reprises, il essaya d'engager avec elle une conversation, sans succès. Il se résigna à écouter le brillant, mais superficiel bavardage de Pascal. Hippolyte ne l'écoutait pas, mais le regardait ; Adélaïde ne faisait ni l'un ni l'autre. Pour amuser Basile, le cocher conduisait à bride abattue.

Le village de Donville est niché entre deux collines, et séparé de la mer par des bois de pins et de verts pâturages. Une petite église très étroite, bâtie en granit comme celles de Bretagne, protège un petit cimetière où les morts semblent en famille.

L'arrivée de la berline ne passa pas inaperçue. Il était difficile avec Pascal et Adélaïde de ne pas être remarqué. On s'installa dans la grande salle de la « Boulangerie-Pâtisserie-Auberge ». On fit apporter tous les gâteaux disponibles. Comme Pascal se balançait sur son tabouret et que Basile l'imitait, Madame Sartilly intervint avec beaucoup de naturel :

— Pascal, voyons ! La prochaine fois, les enfants, on vous laissera à la maison !

Cette réflexion parut amuser tout le monde.

— Il est vrai que nous formons une curieuse famille, remarqua Hippolyte, et nombreuse ! Si j'en figure assez bien le chef, les rapports entre les autres membres doivent exciter l'imagination des inconnus qui nous voient passer.

— Oh, c'est très simple, dit Henri, il y a les deux frères aînés, Pascal et moi, et vos deux plus jeunes enfants, Corinne… et Basile.

Cette explication recueillit une approbation unanime. Seul Basile protesta.

— Non… mon père était amiral. »

Adélaïde, alors, fit remarquer que les yeux du chat de la maison étaient bleus, et l'on parla d'autre chose.

*

Au retour, Hippolyte se plaça à côté de Pascal et Henri près d'Adélaïde.

III. Choisir sa voie.

« Le cœur de l'homme médite sa voie.
Mais Yahweh dirige ses pas »
(Livre des proverbes).

Ce fut un soir, dans la chambre de son frère, que François d'Haqueville fit part à ce dernier de son projet et lui demanda, après l'avoir mis au courant de la situation difficile de la maison, de prendre le commandement de la flotte de terre-neuvas.

— Le succès de cette expédition est d'une importance capitale pour l'avenir de notre maison. Sur nos capitaines, des influences peuvent s'exercer. Je n'ai une confiance absolue qu'en toi. Hippolyte, il faut que tu prennes ce commandement.

Certainement, le commandant d'Haqueville ne s'attendait pas à cette proposition. Il regarda son frère avec un air de profonde stupéfaction.

— Mais… et ma carrière militaire ? D'ailleurs, il y a fort longtemps que je n'ai pas commandé à Terre-Neuve. C'étaient mes premières armes et je n'étais alors que le second sur un de nos navires. Commander cette flotte, c'est une responsabilité très lourde, et une tâche pour laquelle je ne suis pas fait. Commander un vaisseau de guerre ou une flotte de pêche est très différent !

— Sans doute, mais chaque navire a son capitaine. Tu n'auras que le commandement supérieur. Ce sera plutôt un contrôle à exercer, une orientation à donner, surtout une présence qui encouragera chacun à mieux accomplir son devoir, à ne pas se laisser gagner — car c'est au fond cela que je crains — par les promesses de nos concurrents. Tu connais l'activité de la maison Sartilly, par exemple : chez eux, rien ne sera négligé pour prendre définitivement notre place. Quant à ta carrière d'officier, tu as suffisamment de relations pour obtenir ta mise en disponibilité pendant un an. Je sais, c'est un sacrifice que je te demande, mais il y va de l'honneur commercial de notre famille, de l'avenir de nos enfants. Pour se consacrer à un art — pour lequel, je dois le reconnaître, bien que j'eusse préféré lui voir des dispositions plus pratiques, ses dons sont certains — Charles a besoin d'une situation indépendante. Et Henri, ton préféré, peut faire de grandes choses si la ruine ne l'oblige pas trop tôt à choisir sa voie. C'est une nature trop riche pour se déterminer jeune. Sa vocation religieuse dont me parle souvent sa mère serait une grande joie pour nous. Mais est-ce autre chose chez lui qu'une attitude intellectuelle, un refus de se laisser réduire aux tâches communes ? Il n'est pas assez simple pour pouvoir être pleinement sincère.

— Je me souviens, intervint Hippolyte, d'une de ses phrases : « C'est parce que je crois profondément que je puis jouer à agir parfois comme si je ne croyais pas à ce que je crois… ou comme si je croyais n'y croire pas. »

— Ce sont jeux trop subtils, mais ils montrent bien qu'il ne peut — encore — s'engager pour la vie. C'est d'ailleurs, j'en suis persuadé, sa conviction. Mais pour que tout cela soit possible, il faut que notre maison subsiste, et son sort maintenant est entre tes mains ! acceptes-tu ?

François s'était assis près de son frère sur le canapé et le fixait de son regard énergique où s'exprimait une inflexible volonté.

— Pas encore ! Hippolyte avait horreur qu'on lui imposât une décision. Il aimait se donner l'illusion d'être libre, de se déterminer et de ne pas le faire au hasard.

— Pas encore ! répéta-t-il. Je compte partir à la fin de la semaine à Vire. Avant mon départ, je te donnerai ma réponse. C'est autant dans ton intérêt que dans le mien. Avant d'engager ma parole, je veux être sûr de moi et de ne pas être trop inférieur à ma tâche. François, peut-être un jour me sauras-tu gré d'avoir hésité. Suis-je vraiment l'homme de la situation ? Nous nous aimons beaucoup, François, mais nous sommes si différents ! Je crains que ce ne soit pas à l'Hippolyte que je suis que tu demandes secours. Dieu veuille que je me trompe !

— Je te connais très bien et je sais ce que je te demande. Réfléchis si tu y tiens, mais finalement, accepte, c'est tout ce que je veux. Jamais je ne regretterai ma décision parce que c'est la seule possible ! Bonsoir !

Il s'en allait. Son frère le rappela.

— François, quand nous étions enfants, tu avais la même façon d'insister pour me faire jouer un rôle dans tes espiègleries. Je cédais toujours, ajouta Hippolyte avec un sourire un peu triste. Mais souvent je faisais tout échouer, car, moi, je n'y croyais pas. J'ai peur de n'avoir pas changé !

L'armateur secoua la tête avec une tranquille assurance.

— Enfant ! Mais tu ne sais pas que ma force était faite du besoin d'être fort et violent pour deux ! Tu croyais me gêner : tes yeux me montraient le chemin ; je n'étais « le grand » que parce que tu acceptais d'être « le petit frère » et que tu m'aimais assez pour avoir confiance en moi. Aujourd'hui encore, moralement, j'ai besoin de toi, de ta présence au point crucial de la lutte. Et comme hier, je le sais, je peux compter sur toi… sur nous… Bonne nuit ! »

*

Bonne nuit ! Hippolyte n'avait pas envie de dormir. Quitter son commandement ? C'était donc pour cela qu'on l'avait fait venir ! Sans doute les raisons de son frère devaient-elles être puissantes, mais ce dernier songeait-il bien à ce que représentait, pour le commandant, l'abandon — peut-être définitif — de sa carrière ? Elle lui avait donné tant de joies ! Il aimait la mer comme son aîné, mais, plus que lui, la vie mondaine et sa distinction et son élégance, si bien soulignées par l'uniforme, en faisaient le triomphateur de toutes les réceptions d'escales. Devrait-il, même pour un an, quitter cette vie qu'il aimait ? Retrouver la société, combien plus rude, des officiers de marine marchande, des capitaines au long cours ? Si du moins quelque ami avait partagé cette épreuve, elle eût été supportable, mais seul ! Hippolyte n'aimait pas la solitude, surtout peuplée. Son allure distante était une défense contre une familiarité instinctive, elle lui permettait de choisir les personnes avec lesquelles il ne se sentirait pas seul. Elles étaient rares. Adélaïde était de celles-là, Pascal aussi. Il préféra évoquer leur image que continuer à réfléchir : les événements le guideraient. L'après-midi d'hier avait été délicieuse d'ambiguïté ! Adélaïde devait le croire jaloux de ce qui semblait bien être une liaison avec le jeune Assardière. Il ne parvenait pas à l'être. Il les aimait tous les deux, simplement, et le spectacle de cette intrigue, comme son rôle apparent, l'amusait. Il ne regrettait la légèreté d'Adélaïde que pour Basile ; cet enfant était trop sensible pour ne pas en souffrir… sensible comme lui !

IV. Alea jacta est.

C'est en rentrant de dîner chez les Assardière que le commandant donna sa réponse à l'armateur.

— C'est entendu, j'accepte. Tu l'auras voulu !

Et François, radieux, lui répondit :

— J'en étais sûr ! Merci. C'est si bon de ne pas être seul dans le combat !

Hippolyte ne considérait pas qu'il méritât de remerciement. Ce qui avait achevé de le décider n'avait rien de commun avec le sentiment du devoir : Pascal serait de l'expédition.

*

Lorsque la famille Haqueville au grand complet était arrivée à l'hôtel de la rue Notre-Dame, Hippolyte n'était encore que résigné à accepter par amitié pour son frère, s'il ne pouvait le convaincre, « d'éloigner de lui ce calice »… Mais ce dîner lui avait beaucoup appris.

Visiblement, Charles et Éléonore s'aimaient, ce n'était peut-être qu'un caprice chez la jeune fille flattée de la timidité, à son égard, d'un garçon dont on vantait les succès parisiens, mais chez le jeune Haqueville, on avait tout lieu de penser que c'était davantage. Placé à côté d'elle, il semblait ne rien voir, ne rien entendre, il ne mangeait pas. Hippolyte remarqua même qu'il buvait alternativement à son verre de vin rouge et à son verre de vin blanc ; c'est tout juste s'il n'essayait pas de couper sa viande avec sa fourchette ! Charles n'était cependant pas garçon à se troubler facilement. Dieu ! Que l'amour rend bête ! pensa le commandant.

Visiblement, Madame de l'Assardière voyait ce sentiment d'un œil favorable, comme Madame d'Haqueville d'ailleurs : les allusions de rigueur aux « charmantes inclinations » de la jeunesse à cette union des cœurs, à cette conformité de principes et de situation, source de tous les bonheurs conjugaux, étaient claires pour chacun, sauf pour les intéressés qui n'écoutaient pas. On semblait les considérer officiellement comme fiancés, on paraissait même vouloir hâter les choses comme si l'on avait craint un obstacle à cette union. Hippolyte ne pouvait croire à l'absolue sincérité de Caroline de l'Assardière : son frère était un homme d'affaires si retors ! Que voulait-elle cacher ? En attendant de le savoir, il s'amusait à regarder son neveu. Henri avait été placé auprès de Basile, leur conversation paraissait animée, ils avaient l'air joyeux : le jeune homme s'employait à enseigner à son ami la manière de se servir d'un briquet. L'enfant ne devait pas comprendre très bien le mécanisme, car leurs doigts restèrent longtemps entremêlés. Cela non plus ne parvenait pas à inquiéter Hippolyte, il les connaissait assez l'un et l'autre. La pureté de Basile lui permettait de jouer avec le feu et ce qu'Henri aimait, précisément, c'était de pouvoir n'y apercevoir qu'un jeu. Il était beaucoup trop délicat, trop artiste pour n'aimer pas en l'enfant cette irremplaçable insouciance. Et, pour Basile, cette amitié, si elle restait pure, remplacerait peut-être ce qui lui manquait d'affection maternelle.

Adélaïde ne s'était jamais beaucoup souciée de lui, non plus que de personne d'ailleurs. Aimait-elle Pascal avec lequel elle ne cessait ce soir de plaisanter imprudemment ? Aimait-elle son beau-frère ? L'avait-elle aimé, lui, Hippolyte ? L'avait-elle considéré seulement comme une source de plaisir ? Toujours son attitude avait été équivoque, comme était équivoque la filiation de Basile. Il avait le tempérament du commandant et adorait l'amiral. Indiscutablement, il était fils de marin.

L'attention d'Hippolyte fut bientôt attirée par l'évolution de la conversation. Madame de l'Assardière, avec un embarras bien dissimulé, mais perceptible au regard inquisiteur du commandant, expliquait que Pascal, comme tous ses ancêtres, avait la vocation de marin.

— Mais c'est un garçon énergique qui désire mettre la main à la pâte. Mon frère va l'embarquer sur un de ses navires pour qu'il navigue un peu… Une simple expérience, pour un voyage seulement.

Ainsi Pascal servirait la firme Sartilly ; c'était cela que Caroline cherchait à faire admettre, qu'elle voulait cacher sous l'amoncellement des amabilités inoffensives. Sas doute y avait-elle réussi, car ni François, ni Sophie ne parurent y attacher beaucoup d'importance. C'était assez naturel, en somme, qu'il serve sur les navires de son oncle ! Mais cela avait un intérêt considérable pour Hippolyte. Si c'était à bord d'un terre-neuvas que Pascal allait s'embarquer, la campagne de pêche ne paraîtrait plus d'un ennui aussi insupportable. Les deux flottes feraient, comme à l'accoutumée, route de conserve. Lors des escales, la compagnie de Pascal ne lui ferait pas regretter celle des officiers de la marine impériale.

Dès qu'il put l'aborder, il demanda à Pascal s'il comptait s'embarquer sur un navire participant à l'expédition de Terre-Neuve.

— Mais oui, je dois m'embarquer comme second sur un de ces trois-mâts. Cela ne vous ennuie pas ?

— Au contraire… »

Sa décision était prise. Et c'est pourquoi, dans la voiture qui le ramenait rue Saint-Gaud, Hippolyte n'hésita plus à dire « J'accepte ! », mais honnêtement il ajouta : « Tu l'auras voulu ! »

*

Le lendemain, Hippolyte partit dans son château proche de Vire. Le même jour, Vinay demandait une semaine de congé pour aller voir de la famille au Havre. Si le but du voyage n'avait rien à voir avec des visites familiales, Vinay lui avait dit la vérité en ce qui concernait la localité : c'était bien au Havre qu'un matin étouffant d'orage il allait, dans une rue étroite, sonner à la porte basse et cintrée d'un hôtel vétuste et d'apparence presque pauvre. On l'introduisit dans un somptueux salon de style Empire qui contrastait étrangement avec la simplicité négligée de l'extérieur. Ici, tout était recherche et luxe, un peu lourd sans doute, mais Vinay n'était pas homme à s'en apercevoir. Il n'y voyait qu'une chose : la preuve de la richesse, donc de la puissance, de Monsieur Sartilly, l'armateur qui le vengerait des Haqueville. Fébrile comme il l'était, les minutes de l'attente lui semblaient insupportablement longues. Les nouvelles qu'il apportait n'étaient pas bonnes, il convenait d'agir vite. Arriverait-il à convaincre Octave Sartilly de la nécessité de la manœuvre qu'il projetait pour parer à l'évolution de la situation ?

— Quelles nouvelles m'apportez-vous ?

Bien que Normand, l'armateur avait l'habitude d'aller droit au but, ce qui déconcertait toujours un peu Achille dont les voies étaient plus tortueuses.

— Des nouvelles ?... Pas précisément, mais la confirmation de mes craintes. Le commandant Hippolyte d'Haqueville prend la direction de la flotte de son frère. Cela est grave. Lors du tirage au sort des emplacements de pêche, nous ne pourrons l'acheter comme nous aurions fait d'un autre capitaine. Comme *ils* disent : « Argent n'est point souci de gentilhomme ! » *Ils* verront quand *ils* n'en auront plus ! ajouta-t-il avec un sourire sarcastique.

— N'anticipons pas, coupa Monsieur Sartilly sèchement. Que proposez-vous pour remédier à cette situation que vous me dites prévoir depuis longtemps ? Je sais votre esprit fertile en solutions ingénieuses, ajouta-t-il d'un ton plus aimable.

— Oh ! Monsieur, protesta Achille, je n'ai que de bien simples idées ; je vais vous les exposer. Il me semble maintenant impossible d'empêcher que le commandement soit confié à Hippolyte, mais nous pouvons tirer parti de cette situation même, si nous parvenons à exercer sur lui une influence. À tout bien considérer, il n'est peut-être pas aussi invulnérable qu'il le paraît à première vue. Le fait que le jeune Assardière soit de votre expédition le prédispose déjà à plus de sympathie pour votre cause : Pascal est un ami de ses neveux et les deux familles sont en ce moment en fort bons termes. Mais l'essentiel n'est pas là — il toussota — vous savez l'intérêt que porte Hippolyte à Madame Sartilly, votre belle-sœur ? Si nous pouvions la persuader d'engager de l'argent dans votre expédition, et nous arranger pour qu'il le sache, cela pourrait le gêner. Qu'en pensez-vous ?

Le visage de Monsieur Sartilly s'éclairait d'un sourire à peine esquissé, son opinion était faite.

— Excellent ! Mais il serait encore préférable de lui faire engager sur ces navires la fortune de Basile. Ce serait, je crois — et c'est sans doute votre opinion — un important atout dans notre jeu : faire dépendre de son succès ou de son échec la ruine ou la richesse de cet enfant, de son enfant selon toute vraisemblance ! Décidément, ajouta-t-il en tapant sur l'épaule de son interlocuteur, mon cher Vinay, François d'Haqueville se donne beaucoup de mal pour tomber dans nos filets ! Son frère chéri pourrait bien lui coûter cher, d'autant qu'il n'a rien d'un homme d'affaires !

Achille se frottait les mains avec une joie visible, jamais il ne s'était senti aussi heureux ! Sans doute regrettait-il que l'idée d'utiliser Basile ne vînt pas de lui, mais elle rejoignait si bien son plan et le servait avec tant de perfection qu'il s'imaginerait bientôt l'avoir eu le premier. De toute façon, elle le rapprochait du but. En rêve déjà, il se voyait riche et les Haqueville mendier dans la cour de son hôtel. Cette pensée lui faisait du bien.

— Il est entendu, Vinay, que vous serez intéressé aux bénéfices de mon expédition qui vous devra tant ! » Conclut Monsieur Sartilly, en emmenant déjeuner le fidèle secrétaire de François d'Haqueville.

Chapitre VI : « Les choses les plus souhaitées… »

« Les choses les plus souhaitées n'arrivent point, ou lorsqu'elles arrivent ce n'est ni dans les circonstances ni dans le moment où elles eussent fait le plus grand plaisir »

La Bruyère

I.

La flotte quittait le port. Le voyage commençait. Hippolyte en savait toute l'importance, ce risque lui plaisait et aussi de savoir, naviguant de conserve sur un très beau trois-mâts *Le Cap Lihou,* son ancien petit ami, Pascal. C'est pourquoi, sans amertume, il revoyait les dernières heures passées à terre.

Au début de la matinée, François lui avait bien renouvelé ses instructions, recommandé de bien surveiller le tirage au sort des emplacements de pêche afin qu'aucune fraude ne puisse se produire au détriment de leurs intérêts.

— Tu sais l'importance de cette attribution des bancs : le résultat de la pêche en dépend. Pour le reste, je me fie entièrement à tes qualités de marin, à ton honneur, à ton amitié fraternelle. Mon combat est devenu le tien comme il est celui de tes neveux. Il faut le gagner… Nous le gagnerons !

Et François avait ajouté : « Cette expédition est presque mon dernier espoir, tu le sais, avec *Les Deux Sophies,* mon navire le plus moderne qui vient de partir dans les Amériques. Il doit m'en rapporter une cargaison des plus précieuses. Si aucun accident ne se produit, j'en attends un gain considérable, navire et fret m'appartiennent. Je suis seul à en supporter le risque considérable, mais j'en serai seul bénéficiaire. Je joue le tout pour le tout ! Le résultat ne dépend plus de moi, mais du capitaine des *Deux Sophies*, de toi... et de Dieu. Que Sa grâce nous protège !

En l'écoutant, Hippolyte regardait, par la fenêtre ouverte, Henri qui, assis sur le banc du jardin, jouait avec son chat persan. Il ne pouvait se lasser d'admirer l'élégance de son profil, l'étonnante beauté plastique de ses gestes. Oui, François avait raison, un tel garçon ne pouvait être réduit à des tâches serviles. Si cela dépendait de lui, Hippolyte faisait le serment de lui conserver la fortune de ses pères. C'était avec conviction qu'il avait répondu à son frère :

— Sois tranquille, tout ce qui pourra humainement être accompli pour le succès de cette expédition le sera, je me dévouerai à cette tâche tout entier. François, tu peux compter sur moi !

Quelques heures plus tard, il était allé au Manoir prendre congé d'Adélaïde. Celle-ci lui avait appris que, sur le conseil de son beau-frère, elle s'était associée au financement de la campagne de pêche de l'armateur du Havre : elle en espérait un gain considérable.

— Octave, qui est le tuteur de Basile, a également placé de cette façon les sommes revenant au petit sur l'héritage de l'amiral. Je pense que c'est un bon placement, à moins que votre flotte ne s'adjuge tout le bénéfice de la campagne, ajouta-t-elle en souriant. Avec un tel commandant !...

Hippolyte avait protesté : ses faibles talents ne sauraient être bien dangereux ! Au fond de lui-même, il avait admiré la duplicité charmante de son ancienne amie. Au moment même où la docilité d'Adélaïde à suivre les conseils de son beau-frère était une nouvelle preuve des sentiments que la rumeur publique leur prêtait, il était piquant qu'elle voulût utiliser au profit de ses intérêts une amitié qui n'était plus rien pour elle. Hippolyte entendait bien lui prouver qu'il n'était pas si facile de se jouer de lui. Il n'en tenait que davantage à réussir dans son entreprise.

« Non, chère amie, pensait-il, votre souvenir dans mon cœur n'est pas éternel. Que m'importe votre fortune ! Mais vraiment, Octave a été imprudent d'engager dans cette aventure celle de Basile. Cet enfant n'aura cela que plus tard, car je connais la prodigalité et l'insouciance de sa mère. Il n'est déjà pas tellement heureux, il ne manquerait plus qu'il soit pauvre ! Il en souffrirait, comme moi j'en aurais souffert. »

Le soleil déclinait à l'horizon, faisant plus hautes les silhouettes des bâtiments en ligne. Devant lui, Hippolyte apercevait le trois-mâts de tête de la flotte Sartilly, celui où se trouvait Pascal : c'était un beau navire, récent et solide. Il pensa : de quoi vais-je m'inquiéter ? Leur flotte vaut bien la nôtre. Ce n'est pas moi seul qui fausserai la balance !

La flotte gagnait la pleine mer.

II.

Ce soir-là, Éléonore rêvait aux étoiles. Pas delà l'étroit jardin sur lequel elle s'ouvrait, la fenêtre de sa chambre lui permettait d'apercevoir la mer infinie. Elle se sentait seule et pourtant heureuse. Le départ de son frère aimé ne la chagrinait pas comme elle s'y attendait, ou plutôt celle douleur ne parvenait pas à percer la profonde atmosphère de bonheur qui l'entourait. Depuis ce dîner en l'honneur d'Hippolyte, son esprit n'était empli que de Charles. Sans doute s'était-il montré un peu timide, mais il était charmant, si délicat, si distingué ! « Et maman assure que je lui plais. Ce doit être vrai, elle a plus d'expérience que moi ! Il est certain qu'il perd un peu la tête quand il est près de moi, on dirait que je lui fais peur. Il faut qu'il soit amoureux pour cela ! »

La soirée était très chaude. La lune, presque à son plein, éclairait la chambre. Éléonore s'était dévêtue et tardait, contre son habitude, mettre sa longue chemise de nuit ornée de dentelles. Allongée sur le lit, elle regardait frémir son corps brûlant aux caresses chaudes de la brise du sud, aux baisers de la lune. Elle s'offrait nue, languissante et inassouvie à une invisible possession. Voluptueusement, elle serra ses bras autour de sa poitrine, de son visage, comme autour d'une imaginaire présence et, longuement, posa ses lèvres brûlantes sur la douceur exquise de sa peau. « Comme ses baisers doivent être chauds ! » pensait-elle.

*

En cette même heure, pensant à elle, Charles, qui l'aimait, oubliait qu'il avait un corps. Mentalement, son excitation était extrême, mais son sentiment même le préservait des gestes de l'amour. Il évoquait la pureté du visage si fin de la jeune fille, la grâce de ce corps qu'il avait vu vêtu, voilé, et qu'il ne pouvait autrement imaginer. Même en rêve, infiniment, il la respectait. Sans doute la désirait-il, et il savait bien qu'en sa présence il n'en serait pas resté au sentiment. Au contact de sa chair, la sienne aussitôt se serait donnée sans hésitation, car il n'est pas du corps d'attendre ni de raisonner. Simplement, il vit. Mais d'elle, il n'avait de présent en cet instant qu'une image et une affection profonde. Son amour pouvait ne lui sembler qu'une amitié unique et éternelle. Évoquer Éléonore, c'était sentir son cœur battre et oublier que le sang battait ailleurs. Il songeait à leurs prochaines rencontres. D'avance, il vivait les instants délicieux de leur tête-à-tête, en évoquant les circonstances, sans doute, qui l'entoureraient, aux promenades qu'ensemble ils feraient, au sourire délicieux d'Éléonore qui lui rappelait, en plus simple, celui de la Joconde. Avec quel amour il s'était remis à la peinture ! Comme le visage de la Vierge lui apparaissait clairement maintenant ! Quelle joie ce serait pour Éléonore de s'y reconnaître ! Quel étonnement pour les indifférents qui verraient le tableau ! Quels commérages en perspective…

Tout cela, d'avance, l'amusait. Il imaginait toujours son bonheur par rapport à des spectateurs. « Si mes amies de Paris la voyaient, elles en mourraient de jalousie ». Ce n'était pas que son amour fût superficiel, mais il n'était pas le premier. Il rappelait des souvenirs d'amour. Et cependant, Charles devait bien reconnaître qu'il n'avait jamais aimé de cette façon, sauf peut-être aux jours déjà lointains du collège où il rêvait de Pascal. Comme maintenant la présence d'Éléonore, celle de son ami lui était presque une souffrance, car il la savait fugitive et qu'elle lui laisserait une terrible impression d'insuffisance, d'inquiétude, d'inassouvissement. Comme alors, il aimait de loin encore. Mais il était persuadé que l'indifférence de la jeune fille n'était qu'une attitude, sans cela eût-elle accepté qu'on parlât de les fiancer ? Car les fiançailles étaient toutes proches. Charles avait peine à y croire. Bientôt cette tension, cette inquiétude qui rendaient sa vie exaltante, mais épuisante, anxieuse, seraient achevées. Il verrait son amie sans avoir à songer à demain, sûr qu'elle serait là de la même façon, à lui !... À lui comme il savait bien que jamais n'avaient été ses maîtresses, à lui comme ces jouets dont, enfant, il était comblé. Il était sûr d'être son premier amour, d'être celui qui lui bâtirait l'univers, qui exprimerait ses pensées. Il serait aimé ! Il avait le sentiment que ce serait une impression neuve.

Les heures de la nuit s'égrenaient dans le silence.

III.

À la fin de l'été, Éléonore de l'Assardière et Charles d'Haqueville étaient fiancés. Cela avait été une charmante réunion de famille où l'on s'était, comme de juste, extasié sur la spontanéité d'une si tendre inclination. François d'Haqueville, plus majestueux que jamais, n'était pas, sous une apparence pleine de dignité, le moins heureux. Il n'avait pas les mêmes raisons que sa femme d'être ému à la pensée d'un prochain mariage et d'une séparation possible d'avec son fils. Non qu'il ne l'aimât point, mais « le fils doit quitter son père et sa mère », est-il dit dans l'Évangile. Cela lui semblait l'expression même du bon sens et il n'était pas dans ses principes de regretter l'inévitable. Et mariage pour mariage, celui-là lui plaisait. La famille de l'Assardière était très honorable, noble de vieille date et de fortune suffisante. Sans doute François avait-il été un peu déçu de la dot envisagée qui consistait principalement en vieilles maisons de rapport situées pour la plupart dans la haute ville, auxquelles s'ajoutaient quelques terres, une vingtaine d'hectares de bois. Ce n'était pas très considérable, mais il fallait compter en outre une somme, encore débattue, en rentes sur l'État. On arriverait certainement sur ce point à une centaine de mille francs, ce qui était raisonnable… Très suffisante pour assurer à Charles une vie large si la prospérité revenait aux affaires de la maison Haqueville, cette dot lui permettrait à tout le moins, dans le cas contraire, de mener une existence décente.

François savait bien qu'il jouait ses dernières cartes. Certain du succès à force de volonté, il n'excluait pas, cependant, de ses prévisions, l'hypothèse d'un échec. Et c'est pourquoi, se montrant moins exigeant qu'il ne l'eût été naguère, il hâtait la conclusion de ce mariage. L'avenir de l'aîné assuré, le cadet pourrait toujours entrer dans les Ordres. Sophie et lui-même avaient assez de courage pour supporter, pour eux, l'adversité s'ils réussissaient à en préserver leurs enfants. D'ailleurs, c'était surtout Charles qui l'inquiétait : il n'avait jamais eu une grande confiance en celui qu'il appelait parfois un « pêcheur de lune ». Henri avait ses défauts, mais l'armateur se plaisait à reconnaître en lui ses propres qualités, son solide bon sens, son courage, son réalisme. Sans doute, il était poète et griffonnait des vers, mais il montait aussi admirablement à cheval et nageait à merveille. S'il ne se décidait pas à entrer en religion, il ferait un bon marin ou, s'il lui restait des terres, un excellent gentilhomme campagnard. Et il était trop fin, trop lucide aussi, pour faire un mariage idiot. Sans doute semblait-il aimer un peu trop la compagnie des jeunes garçons, mais ce n'était peut-être qu'une apparence. De toute, façon, cela valait mieux que de courir les soubrettes ou les grisettes ; on n'avait pas à craindre qu'Henri veuille les épouser… ou y soit forcé ! Il est dans la nature de ces amours d'être fugitives, c'est une qualité appréciable, essentielle même aux yeux de Monsieur d'Haqueville. Sans doute n'espérait-il pas faire partager à sa femme cette opinion ; mais Sophie n'était occupée que du bonheur de Charles. Et son amour ne pouvait imaginer son fils le plus jeune autrement qu'en un enfant très bon, très loyal et très pur. Les apparences pouvaient-elles suffire à démentir cette intuition profonde ? Henri lui-même devait convenir qu'en définitive cet instinct ne la trompait pas.

Pour Henri, ce dîner de fiançailles participait de l'exercice d'équilibre sur la corde raide et du triomphe secret, triomphe tout relatif d'ailleurs et qui ne tirait sa grandeur que de la gravité du désastre évité. Il lui semblait étrange d'être là, aux côtés de Basile, simplement, comme « avant », de voir Adélaïde lui sourire aussi aimablement et ne rien dire, pas même se permettre une allusion le traiter comme l'ami de la famille qu'il avait commencé par être. Mais ce qui avait achevé de le confondre, ç'avait été l'attitude d'Adélaïde lorsqu'on avait parlé d'aller à Houlgate.

C'était Sophie qui avait proposé ce voyage. Elle pensait aller bientôt, comme chaque année, voir ses parents, elle emmènerait ses fils. Si Éléonore voulait être de l'excursion, Charles serait si heureux ! Bien que d'une audace un peu exceptionnelle au regard des convenances, le projet avait reçu un accueil enthousiaste, la joie d'Éléonore était visible. Mais afin de mieux, sans doute, ménager le qu'en-dira-t-on, Caroline avait suggéré qu'on emmenât les enfants de sa belle-sœur. Henri immédiatement avait regardé Basile dont les yeux baissés semblaient craindre de trop parler. Et il avait entendu Adélaïde accepter d'un air parfaitement indifférent. La surprise d'Henri n'avait d'égale que celle de l'enfant qui avait vivement relevé la tête, les yeux brillants de joie.

*

Henri, décidément, ne comprenant ni le fils, ni surtout la mère. Ne se souvenait-elle pas ? Était-elle indifférente ? N'avait-elle rien compris ? Ou bien était-elle seule à comprendre ? Et Basile regrettait-il sa franchise ? Avait-il changé ?

IV.

Il n'y avait cependant pas longtemps qu'Henri avait cru tout perdu, un soir. Le départ de Pascal et de son oncle l'avait laissé très seul. Hippolyte avait toujours été pour lui un ami. Henri lui savait gré de le comprendre, de n'avoir pas contre lui de préventions, mais non plus de ces illusions qui l'eussent obligé à mentir, à jouer un personnage pour ne pas décevoir, de le prendre tel qu'il était et, ainsi, de l'aimer, de le soutenir aussi, d'être pour lui un confident tacite. Comme Hippolyte avait vite compris que son neveu aimait Basile ! « Aime-le beaucoup, il le mérite ! » Ce conseil qui l'avait tant surpris lui restait en mémoire. Il ne demandait qu'à le suivre, mais le départ de Pascal le privait du lien habituel qui le reliait au Manoir. Seul, il n'avait aucune raison d'y venir : il était indifférent à Adélaïde et ne pouvait avouer s'intéresser à Basile : Madame Sartilly eût sans doute trouvé la chose étrange. À tout le moins, elle en eût parlé à Monsieur et à Madame d'Haqueville, la discrétion n'étant pas sa vertu principale. Et Sophie n'eût pas compris que son fils ait pour ami ce gamin de quatorze ans.

Il valait mieux, de toute manière, tenter d'établir avec le garçon des rapports personnels, indépendants des caprices des relations familiales. Pour cela, il fallait le rencontrer fortuitement, sans le recevoir ou être reçu, officiellement. Quelques jours, Henri avait rôdé à cheval autour du Manoir, sans succès. Il se souvint alors que l'enfant allait presque chaque après-midi suivre des cours de dessin chez Mademoiselle De Glatigny, la cousine de Madame d'Haqueville, qui habitait rue Saint-Jean, dans la vieille ville. Une fois même, il se rappelait être allé le chercher avec Adélaïde, en sortant de l'hôtel de l'Assardière, vers quatre heures. L'horaire ne devait pas beaucoup varier.

C'est pour cette raison qu'un jour il décida d'aller de ce côté ; la promenade, à tout prendre, en valait une autre. Lorsqu'il parvint rue Saint-Jean, il se rendit compte que ce n'était peut-être pas si simple qu'il le pensait de réaliser son projet. Il avait en somme peu de chances d'arriver juste au moment de la sortie de l'enfant et il ne pouvait pas se promener longtemps dans cette rue étroite sans attirer l'attention. Ce qui l'inquiétait le plus, ce n'était d'ailleurs pas de manquer l'enfant, mais de le revoir. Que lui dirait-il ? Il ferait semblant de s'étonner de la rencontre. Mais si l'enfant racontait cela à sa mère ? Adélaïde se souviendrait peut-être que le hasard n'est souvent que le résultat de la préméditation, Basile lui-même serait peut-être surpris ou fâché. Henri s'avouait incapable de prévoir les réactions étranges de ce garçon.

La petite maison de Mademoiselle de Glatigny avait une curieuse façon de saillir des bâtisses voisines pour mieux regarder les passants qui montaient l'abrupte rue Saint-Jean. Elle avait cessé d'être vieille, elle devenait ancienne. Quatre petites fenêtres irrégulières, distribuées en deux étages, deux à deux. Au rez-de-chaussée, une sorte de baie vitrée et, à côté, une étroite porte de bois au-dessus de deux marches de granit. Cette petite porte ouvrait directement sur un escalier en colimaçon, raide à souhait et dont l'unique rampe était un solide cordage accroché à une poutre du grenier et descendant dans l'axe de la spirale, un escalier de bateau. Toute cette maison d'ailleurs ressemblait à un navire ; l'illusion était d'autant plus parfaite que l'autre façade donnait sur la mer et les petites fenêtres placées assez haut ignoraient les derniers arpents de terre et ne regardaient que l'immensité bleue où se perdaient les silhouettes claires des voiliers.

C'était l'unique fortune qui restait à Mademoiselle Hermine de Glatigny, de celle qu'avait dissipée son père, officier de marine, dans tous les coins de l'univers. Elle y avait entassé de beaux meubles, témoins d'une prospérité ancienne et qui contrastaient avec l'austérité du logis. Henri aimait la douceur un peu mélancolique qui s'exhalait de ces splendeurs fanées. Mais aujourd'hui, il ne voulait pas entrer, Mademoiselle de Glatigny, qui l'aimait beaucoup, le retiendrait sûrement et renverrait Basile, ce serait une déplorable solution.

Il passait en ce moment devant la maison, tout semblait tranquille. Un chat, sur la deuxième marche, passait sa patte au-dessus de son oreille, signe de pluie, paraît-il. Bientôt, il l'avait dépassé ; quelques instants encore, et il serait sur la place de l'Isthme, il devrait redescendre. L'heure habituelle était passée depuis longtemps. Basile était-il déjà sorti, ou bien n'avait-il pas de leçon aujourd'hui ? Tandis qu'il descendait vers la basse ville, Henri voyait les difficultés qui lui avaient paru, tout à l'heure, s'opposer à une rencontre avec Basile, s'évanouir progressivement. Sa résolution s'accroissait de sa déception : demain, il reviendrait.

*

Le lendemain, il avait rencontré l'enfant et ses craintes s'étaient aussitôt complètement évanouies, Basile n'avait pas paru étonné de ce hasard : les enfants, sans doute, trouvent tout naturel ! Henri était même un peu gêné par cette insouciance. Un peu de surprise lui eût permis de s'expliquer. Basile, décidément, lui paraissait bien jeune ! Il était présentement occupé à narrer par le détail les menus événements qui marquaient ses leçons rue Saint-Jean… qu'il avait, passant sur le port, vu un joli voilier… Henri commençait à s'impatienter.

— Tu n'es pas très occupé en ce moment, sans doute ? Voudrais-tu, samedi par exemple, faire une promenade à cheval avec moi ?

Basile ne fit aucune difficulté pour accepter.

— Certainement, si Maman veut bien.

Henri l'attendait là ; il était résolu à lui faire sauter l'obstacle.

— Précisément, je préférerais que tu n'en parles pas à ta mère.

Cette fois, les yeux bleus de l'enfant exprimèrent un étonnement certain.

— Non pour elle-même, mais à cause de mes parents à qui sans doute elle parlerait et qui, je ne sais pourquoi, ne tiennent pas beaucoup à ce que nous nous fréquentions. Et puis, s'il te faut à chaque fois demander la permission, nous n'en sortirons pas. Tu n'es pas un bébé, que diable ! Tu as tout de même une certaine indépendance !

Et, comme l'enfant, soucieux, paraissait réfléchir, il ajouta en lui prenant la main :

— Basile, tu ne me feras pas croire qu'à ton âge, tu n'as pas de secret pour ta mère et que tu ne fais jamais rien qu'elle ne t'ait expressément permis d'accomplir ?

— Peut-être, mais, vois-tu, Henri, j'avais tellement l'habitude de tout raconter à mon père, il me comprenait si bien ! Je continue avec Maman. Souvent, il m'est arrivé de désobéir, mais je le lui dis toujours après… presque toujours.

— Presque ? Eh bien ! Fais-moi profiter d'une exception, ou dis-moi franchement que cela t'ennuie de sortir avec moi.

— Oh ! Non, au contraire, je t'assure — l'enfant avait l'air embarrassé — mais je ne sais pas si cela me sera facile. Si Maman a décidé de m'emmener, en visite par exemple ?

— S'il n'y a que cela ! Veux-tu que nous convenions que j'aille te chercher à ta prochaine leçon, vendredi ? Bon ! D'ici là, tu verras s'il t'est possible de faire la promenade que je te propose samedi. Tu me rendras ta réponse. Mais surtout, ajouta

Henri un peu froissé des scrupules de Basile, ne te crois pas obligé d'accepter, tu es parfaitement libre ! Je comprendrai… très bien !

Ils étaient arrivés à la route menant au Manoir. Basile était songeur. Henri ne s'était pas attendu à le troubler à ce point. Peut-être aurait-il mieux fait de ne pas chercher à dépasser le stade de la camaraderie ? En le quittant, il lui dit :

— Tu es libre, tu sais. De toute façon, je ne t'en voudrai pas. À vendredi.

Et, lui disant : « Au revoir, Henri ! » Basile, de nouveau, souriait.

*

Les jours suivants, Henri avait eu quelques remords. Remords ? Il avait d'abord eu peine à admettre ce mot. N'était-ce pas plutôt l'inquiétude que Basile ne soit pas au rendez-vous, que sa mère se doute de quelque chose ou même que l'enfant parle trop ? Non, ce n'était pas seulement l'inquiétude, Henri n'avait pas coutume d'avoir peur, il était trop beau joueur pour craindre de perdre. Mais là, il n'était pas engagé seul, il entraînait un autre avec lui dont il ne pouvait pas ne pas se sentir responsable. Il avait désiré Basile avant de le connaître. Il avait cru ensuite utile, habile de jouer à son égard le personnage de l'ami qui ne demande rien et il s'était pris, lui-même, à ce jeu. Maintenant, il devait convenir qu'il l'aimait encore plus qu'il ne le désirait, qu'il l'aimait tel qu'il était, pur encore et qu'il aimait sa pureté même. Et cet amour remettait en question ses plus intimes désirs.

Sans doute, loin de Basile, séparé par des obstacles extérieurs, distrait pas le souci de les vaincre ou de les tourner, Henri pouvait croire que seul le monde le séparait de l'accomplissement de ses rêves. Mais que s'écartent les obstacles et qu'entre l'enfant et lui il n'y ait plus qu'eux-mêmes, jamais il ne se sentait plus loin du but, de ce qu'il avait cru être son but.

La familiarité même que revêtaient maintenant leurs rapports le gênait pour mettre ceux-ci sur un autre plan. Bavarder de choses indifférentes n'est pas un bon moyen d'amorcer une déclaration d'amour, que Basile risquait fort de ne pas comprendre ou, parce qu'Henri s'était mis à son niveau, ne prendre cela que pour un jeu.

Surtout, près de son ami, Henri se sentait si heureux, si comblé, si tranquille, il était si occupé de l'instant présent, de le vivre, d'en jouir, qu'il en oubliait tout effort pour faire de cette amitié de l'amour. Il se laissait aller à profiter déjà d'une victoire qu'il ne pensait plus à gagner, à s'installer dans l'instant sans agir pour qu'il ne soit pas le dernier de leur intimité. Il répugnait profondément à Henri de mêler le calcul au sentiment, d'aimer et de garder le sang-froid de séduire, d'imposer à son ami sa propre conception de l'amour. Il lui semblait tellement plus simple de se laisser guider par l'enfant ! C'est ce qu'il avait fait jusqu'ici.

Mais maintenant, il avait repris l'initiative. L'entrevue de la rue Saint-Jean avait renversé les rôles, l'enfant aujourd'hui était acculé au choix : l'amour comme le concevait son ami, ou rien. Et cela était grave. Cette aventure, pour Henri, était presque pure. Pour Basile, elle serait peut-être le commencement de l'impureté.

D'un baiser s'effeuille la rose !...

Ces pensées s'agitaient dans le cœur d'Henri, lui rendant toute occupation inintéressante et fatigante. C'était le matin du vendredi, une matinée que le vent de mer rendait presque froide sous un ciel gris. Ne pouvant rester en place, le jeune homme résolut d'aller voir si les derniers travaux de l'église Saint-Paul s'achevaient. Pour y arriver, il fallait monter une ruelle étroite, de pente escarpée. C'était une église moderne commencée aux environs de 1840, située sur une grande place dominant Granville. La construction avait été entreprise à la demande des importantes familles de la cité qui, des ruelles sombres de la haute ville, avaient émigré vers les claires, confortables et banales propriétés de la ville neuve. La famille Haqueville, tant à cause de sa situation prépondérante que de sa piété traditionnelle, avait, plus qu'aucune autre, contribué au financement de la construction. Aussi pouvait-on un peu la considérer comme sienne. Henri connaissait par cœur les vitraux, les statues que les dons de sa famille avaient permis d'acheter pour Celui qui possède tout.

Et cependant, il n'aimait pas cette église : peut-être était – elle pratique, agréable dans son style néo-byzantin… peut-être ! Mais belle, non ! Il préférait cent fois la simplicité trapue, l'âme fervente, éternelle, divine de la vieille cathédrale gothique Notre-Dame où Dieu se laissait approcher de plus près. Et c'est de Dieu que ce matin il avait besoin !

Agenouillé devant le maître-autel, il voulut commencer de prier, égrener comme à l'accoutumée quelques *Ave Maria,* prélude à l'entretien de l'âme avec la Divine Présence. Mais ses lèvres hésitaient. Sa prière ce soir ne s'élèverait-elle pas contre lui pour le confondre ? Il ne pouvait raisonnablement faire à Dieu qu'une demande : que Sa volonté s'accomplisse ! Et il savait bien qu'elle différait de la sienne. Son amour, sans doute, n'était pas défendu, mais de vouloir assujettir une âme pure aux désirs de la chair l'était incontestablement. Était-ce contre lui-même qu'il demandait le secours du Tout-Puissant ? Pouvait-il prononcer les paroles du *Pater : « Que Votre volonté soit faite » ?* Toute sa jeune ardeur s'insurgeait contre ce renoncement qu'admirait son esprit.

Les rayons du soleil jouaient sur la croix de bronze doré qui surmontait l'autel. Il semblait à Henri que le Christ le regardait. Des phrases de l'Évangile lui revenaient en mémoire qu'il avait souvent entendues : *« Malheur à celui par qui le scandale arrive ! Mieux vaudrait pour lui n'être jamais né !*

Malheur à qui scandalise l'un de ces petits ! » Basile était-il encore l'un d'eux ? Mais de quel droit Henri doutait-il de la pureté de ce garçon ? Parce que, lui-même, n'avait jamais attaché à la sienne grande importance ? Parce qu'il lui semblait invraisemblable que l'on puisse à quatorze ou quinze ans n'avoir pas, au moins de temps en temps, de « mauvaises pensées » ? Que l'on puisse n'avoir que les rêves de ses dix ans ?

Mais si la chose lui paraissait incroyable, n'était-ce pas parce qu'il généralisait une expérience nécessairement assez limitée ? Et quand bien même Basile serait une exception très rare, ne pouvait-on admettre qu'elle existait ? Jusqu'ici il avait raisonné comme si Basile était un garçon semblable à la plupart des autres, un peu plus beau seulement. S'il avait cherché à détourner à son profit un état d'âme, il n'avait pas songé qu'il pût être celui qui le créerait ou même le révélerait. Cela lui semblait infiniment plus grave. Que Basile l'aime, ou un autre, ou une fille, qu'importait vraiment ? Son influence à tout prendre aurait été plutôt salutaire à l'enfant, il aurait su le comprendre et faire de leur amour une source d'énergies nouvelles, de force, de beauté, de désintéressement ; le plaisir n'aurait été que le chemin des sommets radieux.

Mais si l'enfant était resté pur, de quel droit le troubler, substituer, non une forme de sensation à une autre, mais le plaisir au rêve, au dialogue ineffaçable de l'enfance avec la terre, les animaux, les anges et Dieu ? Ne valait-il pas mieux rester le camarade sans arrière-pensée, laisser Basile n'être qu'un enfant et, s'il était trop dur de le quitter, se contenter des plaisirs qu'inconsciemment il offrait ou laissait prendre ? C'était le seul moyen de ne pas tout perdre sans tout ternir. Mais était-il temps encore de le choisir ?

Le soleil, dont à l'intérieur de l'église l'éclat des vitraux déjà annonçait le retour, étincelait sur la place nue. Il était près de midi. Dans quelques heures, Basile serait au rendez-vous. Ce n'était plus l'heure du choix ni surtout de reculer.

« Alea jacta est », murmura Henri.

*

À l'heure dite, très calme, ayant cessé de réfléchir, le temps de l'action venu, Henri remontait la rue Saint-Jean. Il se sentait prêt à tout affronter, les pires complications ne l'auraient pas effrayé, pas même surpris. Il ne redoutait pas plus un échec que le succès. Il s'en remettait à Dieu et au destin.

Quelqu'un marchait devant lui qu'en approchant il reconnut être Madame Sartilly : la mère de Basile venait le chercher ! Dès qu'elle aperçut Haqueville, elle vint à lui avec un charmant sourire. Henri s'inclina avec une parfaite aisance, il éprouvait un plaisir amer à sentir combien il était maître de lui. Il avait perdu, il en était sûr, il se refusait à envisager les conséquences, il voulait essayer de sauver la face. Il est des défaites qui laissent un souvenir de victoire. C'était Adélaïde qui semblait la plus embarrassée.

— Vous avez bien tourmenté mon fils, voyez-vous ! Ce n'est qu'avant de partir pour sa leçon qu'il m'a parlé de votre rendez-vous. Il s'est torturé pendant deux jours pour savoir s'il devait le dire, il avait tellement peur que vous lui en vouliez de sa franchise !

— Lui en vouloir ? Comme il a mal compris ! – Il plaisait à Henri de faire l'éloge d'une franchise qui lui coûtait tant — je ne lui avais pas demandé le secret à cause de vous, mais à cause de ma famille qui considère parfois encore la vôtre comme rivale et n'eût peut-être pas compris notre amitié. Il ne me serait jamais venu à l'idée de lui demander de se méfier de vous, je sais combien il vous aime ! Permettez-moi, ajouta-t-il, de vous féliciter, Madame, d'avoir un tel fils, c'est beau une pareille franchise ! Cela fait honneur à l'éducation que vous lui avez donnée ! Soyez sûre que, loin de la lui reprocher, je lui en sais gré…

Il était difficile d'aller plus loin, de mieux se défier soi-même. Basile arrivait, l'air très gêné.

— Bonjour, Henri, dit-il les yeux baissés.

— Henri, lui dit sa mère, a très bien compris ton attitude et il n'est pas du tout fâché de ta franchise.

— Au contraire, précisa Henri, pensant : je voulais te connaître, je te connais… Mais, ajouta-t-il, comme tu as tout compliqué ! Et comme tu m'as mal compris ! Enfin, c'est déjà le passé, n'en parlons plus.

Sans doute, c'était plus prudent. L'étonnant détachement d'Adélaïde ne devait tout de même pas faire oublier à Henri qu'en cette affaire il jouait le rôle de l'accusé. Il est vrai que la situation évoluait de telle sorte qu'il voyait le moment où Basile lui ferait des excuses pour son honnêteté.

On descendait maintenant vers la ville basse en devisant d'indifférentes choses. Il semblait que chacun eût oublié pourquoi il était d'abord venu. Au moment de se séparer, Henri eut la dernière surprise d'entendre Madame Sartilly lui dire :

— Il me semble que vous aviez convenu de sortir un jour à cheval. Basile est libre demain, je crois. Cela vous convient-il ?

— Comme vous voudrez, Madame, répondit-il, osant à peine comprendre. Maintenant, cela dépend de vous, si vous voulez bien que nous nous revoyions…

— Mais bien sûr, il n'y a pas de raison. J'ai toute confiance en vous, acheva-t-elle en le regardant dans les yeux, et souriant.

Se moquait-elle ? Il décida cependant de la prendre au sérieux.

— Je vous remercie, soyez tranquille ! À demain donc, Basile.

L'enfant tendit la main sans conviction. Il paraissait le seul gêné.

*

Ce soir-là, Henri s'interdit de penser à quoi que ce soit. Il lui fallait conserver son sang-froid, ne rien laisser paraître. Songer à ce qui venait de se passer, aux conséquences surtout de cette défaite, c'était sans nul doute risquer de perdre cette maîtrise de soi qui seule permet de surmonter les obstacles. Aussi bien, les dés étaient jetés, rien n'influerait plus d'ici demain sur les événements. À quoi bon user ses forces à les redouter ? Henri ne pouvait agir que sur lui-même, sur son équilibre, précisément en se refusant à penser.

Ce soir-là, il fut tout à cela, dans l'instant présent. Rarement, il fut plus attentif à la conversation familiale, plus libre de préoccupations étrangères. Il avait un peu l'impression d'avoir reçu un coup sur la tête, qui laissait son cerveau vide de ce qui n'était pas les impressions actuelles. Il agissait comme un automate ou un somnambule. Il voulait retarder l'instant où il retrouverait conscience.

Ce fut le lendemain au réveil qu'il se permit de réfléchir. Il se remémora ses espoirs, ses craintes au sujet de ce rendez-vous. Il essaya de comprendre l'attitude étrange d'Adélaïde. Que pensait-elle de lui réellement ? Jouait-elle, à cause de son fils, pour que l'idée même du mal ne l'effleure pas, la comédie de la confiance ? Était-elle sincère ou ménageait-elle un allié chez l'ennemi ? De toute manière, elle le « tenait ». De son silence dépendait la réputation du jeune Haqueville. Voulait-elle conserver ce moyen de pression ou était-elle vraiment généreuse ? L'avenir le dirait, mais dès à présent, Henri pouvait se vanter d'avoir bien réussi ! Adélaïde en savait déjà plus que personne sur le fils de l'armateur et il n'était pas sûr qu'elle eût intérêt à garder ce secret puisqu'aussi bien son fils avait, en cette affaire, le beau rôle.

Le beau rôle ! Était-ce la franchise qui l'avait fait révéler le rendez-vous à sa mère ? Ou simplement la crainte de complications, la peur de l'inconnu ? Son attitude ne prouvait clairement qu'une chose : Henri lui était indifférent. Elle témoignait plus de sa légèreté que de sa vertu. Qui sait même si l'enfant n'avait pas parlé précisément parce qu'il avait cru que celle-ci n'avait rien à craindre de la réserve d'Henri ? De toute façon, il n'y avait qu'à laisser aller ce garçon. Henri en venait à regretter l'élégance suprême d'Adélaïde qui avait accepté, et même provoqué, le rendez-vous de cette après –midi. Que pourraient-ils se dire ? La confiance de Madame Sartilly n'irait d'ailleurs sans doute pas sans surveillance. IL faudrait jouer la ridicule comédie de la camaraderie et peut-être ainsi achever de perdre Basile. Était-ce ce que voulait sa mère ?

*

Dès l'instant qu'il fut auprès de l'enfant, toutes ses raisons de craindre et de se défier, cependant, disparurent. Ils s'étaient, comme d'ordinaire, serré la main, de la même façon. Toutes les questions qu'Henri s'était posées sur les mobiles de l'attitude de son ami, il les avait oubliées et la voix claire du petit disant « Bonjour, Henri » avait suffi à ce pardon. Haqueville avait seulement demandé :

— Puisque tu es si franc, pourrais-tu me dire quelle a été la première réaction de ta mère quand tu lui as avoué notre rendez-vous ? Qu'a-t-elle dit ?

L'enfant avait hésité un instant, puis répondu :

— Elle ne voulait pas le croire. Elle m'a dit : « Je n'aurais pas cru cela de lui ». Alors j'ai essayé de lui expliquer que c'était à cause de ta famille.

— Et tu ne t'es pas rendu compte qu'en racontant notre projet à ta mère, tu me mettais dans une position impossible ? Je n'étais pas là pour me justifier, m'expliquer. Tu ne te rendais pas compte que les apparences m'accablaient ? Tu n'as pas pensé à moi, et le pire c'est que je ne peux pas t'en vouloir. Dès que je suis auprès de toi, j'oublie tout ! »

L'enfant avait paru songeur, mais n'avait pas répondu. Et la promenade, bien sagement, s'était poursuivie et achevée, laissant à Henri, qui ne doutait pas qu'elle fût la dernière, un plus poignant regret de l'incomparable élégance de celui qu'il nommait encore son ami.

Et depuis lors ils ne s'étaient pas revus. Henri croyait avoir oublié et cependant, dès qu'il avait su que ce dîner de fiançailles allait les rapprocher, son cœur s'était ému d'une soudaine espérance, que la réalité dépassait même…

Adélaïde acceptait de réunir son fils et Henri d'Haqueville pour un voyage auquel elle ne participait même pas. Et Basile en semblait ravi ! Henri se demanda s'il rêvait ou avait rêvé. Il n'était sûr que d'être heureux.

CHAPITRE VII : Les lys les plus beaux.

« Mon Dieu ne voulait pas que les lys les plus beaux
Fussent à moi... »
Francis Jammes

I. Houlgate.

Jamais demeure n'avait paru plus extraordinaire à Henri que ce vaste moulin sur le Drochon, résidence des amis du père de Madame d'Haqueville. On l'y avait logé, ainsi que son frère, réservant les chambres de la villa à son grand-père et à Madame de l'Assardière, à Sophie et à Basile : les convenances seraient ainsi plus sûrement respectées.

On avait dîné tous ensemble au moulin le soir de l'arrivée et Henri avait pu admirer à loisir la décoration harmonieuse de la splendide salle de style Louis XIV. La cheminée très large était surmontée d'une peinture en trumeau attribuée à Le Brun. De chaque côté d'un devant de feu en tapisserie de Beauvais, un fauteuil Louis XIV, lourd, solide, solennel. Le reste du mobilier avait la même majesté : la table de marbre, les chaises sévères à haut dossier, un buffet où se retrouvait l'influence des artisans normands, tout était digne des proportions harmonieuses de la pièce dont les quatre fenêtres s'ouvraient sur un charmant jardin à la française entourant une pièce d'eau.

Peut-être davantage qu'au Manoir, Henri, dans ce cadre somptueux, admirait Basile. Sa beauté ne souffrait pas d'un magnifique écrin. Simplement, elle en recevait une nouvelle consécration et sa grâce semblait rendre vivant cet ensemble qui, sans lui, eût peut-être évoqué la torpeur ennuyée d'un musée solitaire. Tout cela semblait créé pour lui, prédestiné à servir sa beauté ! Quel être plus charmant, quel corps plus souple et plus joli avait pu prendre place dans ces fauteuils centenaires ? Pouvaient-ils, ces meubles dorés, regretter l'élégance des marquises d'antan ? Ne se rappelaient-ils pas plutôt la grâce fugitive de Chérubin ?

C'était pour Henri une véritable joie, née du sentiment d'un accord parfait entre l'objet et l'être qui s'en sert, de voir un couvert Louis XV d'argent massif entre les doigts effilés de l'enfant, ou de regarder ses lèvres parfaites effleurer le bord d'une coupe de cristal. Et la joie d'Henri se faisait plus tendre de songer à la fragilité de la beauté de Basile que manifestait mieux le contraste de la solidité des meubles qu'il animait. Dans quelques années, que resterait-il du charme indéfini de son adolescence ? Haqueville se rappelait le conseil de ce poète contemporain, Alfred de Vigny : *« Aimez ce que jamais on ne verra deux fois ».* Il ressentait l'urgence que l'enfant devienne son ami. Demain, il serait trop tard. Demain, Basile — Henri le savait bien — lui serait devenu indifférent ! Il fallait agir, agir vite et Haqueville savait que cela lui était difficile. Auprès du petit, il ne cherchait pas à obtenir quelque chose, mais se contentait du bonheur de sa présence et se refusait à calculer. L'instant suffisait à le rendre heureux, il se refusait à imaginer un *après* pour lequel il fallait travailler. Il eût tant aimé pouvoir remettre le souci du lendemain à l'amitié de Basile !

Au début du voyage, Henri n'avait su trop quelle attitude adopter à l'égard du petit. Il ne parvenait pas à s'accoutumer à l'idée que l'enfant dût les accompagner à Beuzeval : cela lui paraissait invraisemblable tant il avait eu la conviction que leurs relations étaient désormais impossibles. Basile et sa mère étaient en retard, Henri avait aussitôt pensé que le petit ne viendrait pas. À l'instant, il s'était aperçu que le voyage pour lui n'avait plus aucun intérêt : on a si vite fait de croire au bonheur ! Basile n'avait eu qu'à paraître l'autre soir à dîner pour reprendre la première place dans le cœur de son ami. La perspective de perdre cette occasion de se revoir avait été insupportable à Henri : il ne se souvenait plus des instants précédant le départ, mais seulement d'une morsure cruelle à son cœur. Il n'avait repris conscience qu'en apercevant Adélaïde Sartilly arrivant avec son fils dans le landau bleu lavande. « À vous aussi, Henri, je le confie, lui avait-elle dit en quittant son fils, ne le laissez pas faire de sottises ! » Henri se rappelait son étonnement : on le chargeait maintenant de veiller sur Basile ! Cela devenait amusant. Quel rôle ne lui aurait-on pas fait jouer ? La recommandation d'Adélaïde rejoignait celle de son oncle Hippolyte. Mais quelle confiance Madame Sartilly pouvait-elle avoir en lui ? Il ne lui était pourtant pas apparu sous un jour favorable ! Henri ne pouvait croire à tant de confiance ou d'indifférence. Maintenant encore, arrivé au but, il avait peine à croire à la réalité de ce voyage où Basile avec lui était seul. Il craignait un piège.

Peur cette raison peut-être, les premières heures du trajet lui parurent pénibles : Basile semblait triste d'avoir quitté sa mère. Sophie d'Haqueville, spontanément, avait, auprès de lui, retrouvé son âme d'autrefois, quand ses garçons étaient encore enfants : elle s'occupait de lui comme elle l'eût fait de l'un d'eux. Peut-être aussi voulait-elle laisser plus de liberté à Charles et à Éléonore ? Peut-être aussi désirait-elle mieux connaître ce Basile qu'Henri semblait trouver si sympathique ? Les amitiés de son fils cadet l'avaient toujours un peu déconcertée, comme sa sensibilité. À dire vrai, Henri l'inquiétait un peu parfois. Ce garçon avait toujours eu la vie facile, sa beauté lui avait rendu plus aisés les chemins, ses succès scolaires même avaient été certainement facilités par l'instinctive sympathie qu'il attirait. Mais cet attrait n'était pas sans danger. Henri devait être tenté d'en jouer, il aimait plaire, mais aussi il aimait aimer. Par là il était promis à la souffrance, s'il était né pour faire souffrir les autres. Les autres ? Ce petit garçon ? La sollicitude dont Madame d'Haqueville l'entourait avait eu pour résultat d'empêcher Henri d'être autre chose qu'un tiers. Était-ce cette impression de n'avoir pas de place bien définie dans ce colloque familial ? Était-ce la fatigue d'une longue route ? Bientôt, Henri s'était ennuyé. Il avait retrouvé, de façon très nette, une impression de son enfance : un jour de ses dix ou douze ans peut-être, il avait tant désiré prendre son chat avec lui dans la berline, qu'on le lui avait permis ; et la présence de ce chat qu'il aimait, dans une promenade qu'il aimait, l'avait bientôt ennuyé. Peut-être parce que les plaisirs, non plus que les peines, ne s'additionnent pas, et qu'alors il ne s'en rendait pas compte ? Peut-être parce que ce jour-là il avait senti l'indulgente compréhension de ses parents comme il avait ressenti celle de sa mère lors du voyage qui venait de s'achever.

Lorsqu'Henri se retrouva dans la chambre qu'il devait occuper durant son séjour au Moulin, il lui eût été fort difficile d'imaginer en quelle partie du bâtiment il logeait, si son hôte n'avait eu soin de préciser que la chambre était située juste au-dessus de la salle à manger. N'avait-on pas, pour y parvenir, descendu trois marches, traversé deux salles basses, monté un escalier intérieur, puis un autre, extérieur, pour enfin arriver sur un balcon où s'ouvrait la porte-fenêtre de la chambre ? Tout décidément semblait ici étrange et compliqué à Henri !

Que serait ce séjour qu'il n'avait pas voulu, mais dont il n'avait pu se défendre d'espérer beaucoup ? Il ouvrit la fenêtre sur le parc : à droite, l'étang étincelait sous la lune ; la mer, au loin, murmurait. Avait-il besoin d'autres bonheurs ? N'était-il pas heureux jusqu'ici d'une joie simple et pure, comme Basile ? Pourquoi chercher autre chose ? L'enfant, qu'Adélaïde lui avait confié au départ, dormait dans une maison voisine, rêvant sans doute à quelque partie de pêche demain, au bord de la mer. Était-il du pouvoir d'Henri de le faire rêver d'autre chose ? En avait-il le droit ? Le désirait-il même vraiment ? Henri pensa au bonheur si facile de son frère auprès d'Éléonore… il en éprouva une sorte de fierté méprisante. Non, lui, il désirait davantage. Allait-il se laisser réduire aux satisfactions de la chair ? L'amitié qu'il voulait était plus pure et il avait l'orgueil de savoir et, d'avance, d'accepter qu'elle ne le satisfasse point. Mais au-delà, que trouvait-il ? Était-ce Dieu ou le Diable qu'il cherchait ? Jusqu'ici il pouvait se rendre cette justice : il avait échappé aux fautes les plus communes, aux tentations les plus ordinaires. Il n'avait été ni un enfant gourmand, entêté, capricieux ou « terrible », ni un adolescent sournois, voleur ou bêtement vaniteux, ni même un jeune homme impatient de se libérer de toute contrainte, présomptueux et insignifiant. Non, il était trop intelligent sans doute pour cela, trop épris d'idéal et de beauté, trop chrétien aussi. Mais Henri devait bien reconnaître que jamais, non plus, il n'avait été un ascète, un saint. IL était un dilettante de la vertu. Chez lui, c'était une élégance suprême, mais non sa vie entière. Il se rappelait, enfant de douze ans, les railleries dont il accablait un camarade profondément religieux et qui ne le cachait pas. Cette morale qu'on lui enseignait au collège, il avait maintenant l'impression de ne l'avoir jamais véritablement prise à son compte… Bon élève lui-même, et consciencieux, il ne lui serait jamais venu à l'idée de blâmer ses camarades de l'être moins que lui. Souvent, le Père Directeur lui avait reproché ce libéralisme indifférent. Jamais il n'avait été sensible aux injonctions d'un devoir abstrait. S'il comprenait fort bien qu'il dût faire ceci et ne pas faire cela à cause du tort que son abstention ou son action pouvait causer à autrui, il lui importait peu, en général, d'agir suivant des règles morales dont il n'avait ni le loisir, ni le goût d'apprécier le fondement. Non qu'il les transgressât par principe, non, il les suivait même toutes les fois qu'elles ne s'opposaient pas directement à ses desseins, à ses fantaisies, mais ne se souciait pas de les défendre, à plus forte raison de les imposer aux autres. Il n'eût pas souhaité qu'elles disparussent. Il les acceptait comme des éléments d'un décor familier presque au même titre que le cadre politique et social dans lequel il vivait. Seule, pour lui, comptait son attitude personnelle. Sans doute celle-ci était-elle en grande partie le résultat de cette morale qu'il croyait n'avoir jamais faite sienne vraiment. Il le savait, mais elle en était ce qu'il avait le mieux assimilé, ce qui était le plus conforme à son tempérament. Henri comprenait bien que cela revenait à se placer au centre du monde et que cette position instinctive n'était que par cela justifiable. Il sentait aussi que quelque chose en lui exigeait plus de générosité, un abandon total de son être à un Dieu dont la Volonté divine serait sa seule loi.

Un nuage assombrit la clarté de la lune. Il faisait frais.

*

Le lendemain, tandis qu'Henri accompagnait Basile et Éléonore à une partie de pêche où la présence de la jeune fille l'obligeait à chercher désespérément des sujets de conversation, Charles allait admirer la collection de tableaux que son oncle avait pu sauver du naufrage de sa fortune et recueillir dans sa villa.

Monsieur J… l'accueillit dans la pièce étrange où il avait coutume de travailler. En entrant dans cet appartement, Charles avait toujours une curieuse impression de recueillement et presque de crainte comme dans le lieu de quelque culte insolite : une forte odeur d'encens saisissait, qui semblait imprégnée dans les boiseries peintes des murs. Des lampes aux formes anciennes rappelant celles qui veillent auprès des tabernacles brûlaient même en plein jour pour éclairer les recoins que ne parvenait pas à atteindre la lumière d'un ciel souvent nuageux. La pièce, comme tous les appartements de la maison, était meublée magnifiquement de lourds bahuts et de sièges Renaissance, italiens pour la plupart, et Charles ne se lassait jamais d'admirer un splendide cabinet florentin en bois d'ébène incrusté d'ivoire qui évoquait le charme trouble et violent du Quattrocento, ce siècle où Henri eût aimé être Pape, où sa beauté l'eût sans doute désigné pour le chapeau de cardinal…

— Ton frère, Charles, est un curieux garçon, je l'aime beaucoup, mais je crains de trop bien le comprendre. Il me ressemble plus que toi, certainement, bien qu'il n'ait de l'artiste que la sensibilité et non la faculté créatrice… pour le moment du moins, car il écrit fort bien et pourrait être poète. Toi, tu as un don merveilleux. Travailles-tu un peu ?

Charles montra à son oncle diverses toiles qu'il avait à cette fin apportées à Beuzeval et expliqua que sa peinture de la Vierge aux rochers était presque entièrement achevée.

— Très bien, très bien ! Comme je regrette pour toi, mon petit, que tu ne puisses embrasser la carrière à laquelle te destine une évidente vocation ! Je comprends les soucis de ton père, j'admets ses raisons, mais je crains que de bon peintre tu ne deviennes qu'un médiocre armateur. *« Nemo imperat naturae ni nisi parendo*[2] *»,* disait Bacon. Dieu veuille que tu puisses diriger avec compétence l'affaire de on gendre et continuer à peindre d'aussi jolies toiles que celles que tu me montres ! Mais je crains bien que tu ne sois pas plus doué que ta mère pour les affaires, mon enfant ! Et puis, tu vas te marier, m'a-t-on dit ? Éléonore me paraît charmante, mais je ne crois pas beaucoup au désintéressement de sa famille ni à l'amitié que vous portent les Sartilly !

Qu'importait à Charles que les Assardière fussent avares ! Seule Éléonore l'intéressait et il ne déplaisait pas à sa fierté

---

[2] « Personne ne commande les choses de la nature qu'en lui obéissant »

d'être « un parti intéressant ». Il ne portait qu'une attention distraite au monologue de son oncle qui s'étonnait maintenant de la présence de Basile et surtout que sa mère eût voulu pour lui ce séjour. Quelle raison avait Adélaïde de le joindre au voyage ? « J'ai l'impression qu'à tout cela il est quelque motif, mais lequel ? » L'oncle J... jouait machinalement avec les pièces d'ivoire d'un antique jeu d'échecs.

— J'ai le sentiment, vois-tu, qu'avec la disparition de ma banque, notre famille entière est entrée dans un cycle néfaste. J'admire l'énergie de ton père, mais je la crois inutile. L'heure est venue pour nous de disparaître des rangs des puissants de ce monde, notre rôle est fini pour un temps. Peut-être, dans quelques générations ceux de notre race reprendront place parmi ceux dont l'activité industrielle, financière, politique ou le génie artistique marquent leur époque. Mais pour demain, non ! « On arme le cheval pour le jour du combat », mais la victoire ne dépend pas de nous. D'ailleurs, est-il meilleur pour l'homme d'être victorieux ? La grandeur n'est pas de réussir, mais de mériter le succès. Mon pauvre Charles, je dois te sembler bien sceptique ! Henri, j'en suis sûr, me comprendrait mieux. Mais, ajouta-t-il en reconduisant son neveu jusqu'au vestibule où veillaient des statues grecques, je crains qu'un jour tu n'aies à affronter de graves difficultés. Ton père était né pour la lutte, toi, pour le calme labeur que permet le succès obtenu, pour traduire en art la beauté comme ton frère pour l'aimer. J'ai l'impression, quand je te vois, toi, le futur patron de la maison Haqueville, que je contemple le dernier rejeton d'une famille royale condamnée. Pardonne-moi mes allusions historiques, mais je te compare au dernier empereur de cette Byzance dont, un jour lointain, nos ancêtres sont venus ! Il me semble apercevoir en toi, déjà, le passé de notre maison. Les temps pour nous vont changer et ce présent, bientôt nous le regretterons comme un passé mort à jamais, nous l'embellirons de tous les rêves du souvenir. Tu seras obscur peut-être, mais qu'importe si tu peux continuer à créer des œuvres d'art ! Là sera peut-être un jour la vraie grandeur de notre famille… »

Cette entrevue laissa à Charles une impression pénible. Son oncle avait réveillé en lui et l'amour de son art — que son inclination pour Éléonore avait, un instant, relégué à l'arrière-plan — et son aversion pour le métier d'armateur. Aversion et crainte ! Les sombres pressentiments de son oncle s'accordaient trop bien avec les propres impressions de Charles et la défiance qu'il avait de ses qualités d'homme d'affaires. Non, il n'était pas né pour l'âpre lutte, il ne la comprenait même pas, il la méprisait. Se battre lorsqu'on ne croit pas à l'enjeu de la lutte ni à sa propre utilité dans le combat ! Si ce n'avait pas été pour obéir à son père, déjà Charles eût abandonné la bataille.

Il se sentait profondément triste.

*

Une semaine s'était à peine écoulée qu'Adélaïde Sartilly arrivait à Beuzeval. Son arrivée fut pour chacun une surprise : elle l'expliqua par la nécessité où elle se trouvait d'avancer la date du voyage qu'elle faisait chaque année à Paris. Elle désirait cette fois y emmener Basile, assez grand maintenant pour s'intéresser aux beautés de la capitale. Adélaïde, d'ailleurs, projetait de rester à Beuzeval quelques jours, le temps de se reposer ; elle ne voulait pas non plus priver son fils de vacances qui semblaient tant lui plaire…

Ces explications apparaissaient suffisantes pour satisfaire les plus difficiles. Mais, du jour qu'Adélaïde fut là, une certaine gêne sembla peser sur les hôtes du Moulin et de la villa grecque. Si Charles et Éléonore semblaient n'attacher aucune importance à cette nouvelle arrivée, Henri la considéra comme une calamité : elle venait lui enlever Basile ! La certitude du départ prochain de l'enfant eut pour résultat de modifier ses sentiments ou plutôt son attitude à son égard. Jusqu'ici, se croyant certain de passer encore quelques semaines de vacances auprès du petit, l'amour qu'il lui portait avait pris l'apparence d'une fraternelle camaraderie. Dès lors, qu'autour de lui on avait paru admettre cette amitié, elle avait perdu le charme maléfique du fruit défendu et s'était, naturellement, intégrée dans sa vie normale. Il s'était senti responsable de l'orientation qu'il lui donnait et n'avait pas voulu l'incliner au mal : il aimait trop la pureté de Basile pour ne pas la respecter dès lors que nulle contrainte extérieure n'essayait de l'y obliger, sur laquelle il eût pu se décharger de sa responsabilité morale.

Mais dès lors que la présence d'Adélaïde menaçait de rendre difficile la plus franche amitié, l'amour d'Henri, un instant assagi, se rebella, rejetant tous les scrupules d'hier.

Basile allait partir ! Demain, sans lui, se feraient les promenades, demain son clair visage n'éclairerait plus la splendeur des aurores, demain ses yeux profonds ne refléteraient plus l'infinie douceur des soirs d'été, demain, sans lui, fleuriraient les roses. Demain, Basile serait parti ! Cela seul, désormais, comptait pour lui. Tous ses rêves, tout ce que son espoir remettait à demain se heurtaient à cet infranchissable mur qui, subitement, venait de couper le chemin ! Les souvenirs mêmes des quelques jours passés ensemble semblaient dérisoires à Henri, et cruels. Avait-il été sage de laisser ainsi s'écouler dans l'inaction des heures qui s'avéraient comptées ? Demain, quand cela qui suffisait aujourd'hui à son bonheur, cette présence, lui serait ôté, que lui resterait-il de ces instants d'amitié, quels souvenirs ? Non c'était impossible : Basile, présent, pouvait n'être qu'un camarade ; absent, pour ne pas oublier ni être oublié, il devait avoir été plus.

Et cependant, la veille du départ de l'enfant, Henri n'avait encore rien tenté : la compagnie du petit lui était si douce qu'il oubliait à ses côtés tout ce qui n'était pas l'instant présent. Il lui était si bon de vivre qu'il ne pouvait se résoudre à penser, à avoir d'autre but que de jouer. Jouer ! N'était-ce pas tout ce qu'il désirait jusqu'à ce que le départ prochain de son petit ami ne l'eût fait souvenir qu'il aimait ?

*

C'était le dernier après-midi que Basile passait à Beuzeval. Henri et lui revenaient de la plage au Moulin où tous les voyageurs étaient invités à dîner. Ils étaient seuls. Le vent de mer se faisait plus frais. Déjà l'on apercevait le parc du Moulin, le reflet de son étang, la blonde clarté des chiens samoyèdes courants. L'heure était si douce qu'Henri ne pouvait se décider à en rompre l'ultime silence.

— Basile, commença-t-il cependant, alors que l'on s'engageait dans l'allée, tu ne sais pas ce que je souhaite le plus ?

Mais l'enfant, courant s'emparer d'un petit chat couché le long du chemin, l'interrompit :

— Henri, regarde comme il est gentil : je l'emmène au Moulin, si tu veux ?

Il était si joli, si pur, embrassant le chaton qu'Henri n'osa pas reprendre la phrase interrompue. Ils entraient au Moulin.

Adélaïde les rencontra et demanda à son fils de l'aider à boucler ses valises.

— Je me demande ce qu'il fera demain sans son grand ami, dit-elle en caressant les cheveux de l'enfant. Il paraît que vous êtes un marin remarquable, Henri ? J'entends souvent vanter vos exploits.

— Vraiment ? Je n'ai probablement pas d'autres qualités, lui répondit Henri piqué de l'ironie de Madame Sartilly.

Que voulait cette femme ? Ne se rendait-elle pas compte qu'il eût été facile à Haqueville de faire autre chose que voguer avec Basile ? Il regretta l'occasion perdue de tout à l'heure. Décidément, il jouait un stupide personnage. Furieux, il entra dans le grand salon désert, illuminé par un lustre de cristal aux nombreuses bougies et s'assit brutalement dans un robuste fauteuil Louis XIV dont chaque accoudoir sculpté représentait une tête de femme à la longue perruque bouclée. Il regarda par la fenêtre ouverte les ifs sombres du parc déjà plongé dans l'obscurité crépusculaire. Demain leur ombre lui semblerait encore plus triste. Demain !... Basile à ce moment entra au salon, plus gracieux que jamais, ses cheveux blonds un peu en désordre. Il s'approcha du bureau Louis XV en ébène incrusté de cuivre dont les chimères de bronze étincelaient à la clarté de lourds flambeaux d'argent et, prenant un album de dessins, alla, pour les regarder, s'allonger à plat ventre sur un canapé.

Henri regardait la ligne si pure des jambes de l'enfant que celui-ci repliait parfois d'un mouvement instinctif. Non, jamais Basile ne lui avait paru si beau qu'en cette attitude familière et enfantine. Tout à coup, le petit se fatigua de regarder les dessins et revint poser l'album sur le bureau. Henri s'approcha et, tandis que Basile regardait le titre d'un vieil elzévir qui se trouvait là, doucement il lui prit la tête entre ses mains et, longuement, l'embrassa. L'enfant rougit et regarda son ami. Henri, posant un doigt sur ses lèvres, fit le signe du silence et quitta la pièce, jetant un dernier regard sur le parc maintenant obscur : de là, il eût été facile de les voir. Mais il était trop heureux pour ne rien craindre.

Le soir, au dîner, Basile paraissait très joyeux. Une flamme brillait en ses yeux. Il était particulièrement gentil avec Henri. Adélaïde était plus brillante, plus sûre d'elle-même que jamais.

II. Terre-Neuve

La ligne prochaine du rivage disparaissait dans la brume du soir. La nuit commençait, la première que l'escadre passait cette saison dans les eaux de Terre-Neuve. Dans sa cabine, le commandant Hippolyte d'Haqueville regardait encore une fois ses cartes marines. Demain aurait lieu le tirage au sort des emplacements de pêche. Le destin de cette campagne en pouvait dépendre, selon que les meilleurs bancs seraient attribués à la flotte de l'armateur de Granville ou à celle de Sartilly.

Haqueville n'avait qu'une imparfaite connaissance des bancs de pêche. Sans doute, jeune, avait-il, comme son frère, participé à quelques expéditions, mais il y avait bien longtemps qu'il servait dans la marine de guerre, il avait un peu oublié son ancien métier. Il appela le second pour avoir quelques précisions sur les divers emplacements de pêche.

— Mon commandant, il y a un banc excellent, réputé le meilleur, celui de X… Les autres sont d'un rendement inférieur, mais assez régulier. Le dernier, ajouta l'officier en désignant un banc sur la carte, risquerait d'être le pire, à moins que… cela dépend des années. On l'appelle le Banc des Surprises : tantôt la pêche y est excellente, tantôt très mauvaise, c'est un jeu. Si nous tombons dessus, nous pouvons tout gagner, mais nous risquons aussi de tout perdre. Puisse le sort nous donner celui de X…, là, nous aurons la certitude d'une pêche suffisante.

Le commandant remercia son officier et, resté seul, nota les renseignements que celui-ci venait de lui apporter. Il se sentait extrêmement las. Pourquoi François lui avait-il confié la charge de cette expédition ? Pourquoi était-il resté sourd à ses objections ? Pourquoi lui avait-il présenté ce commandement comme l'exigence d'un devoir alors que lui, Hippolyte, savait bien que son acceptation aurait d'autres raisons, moins simples ? Pourquoi l'avait-il ainsi tenté ? Ne se souvenait-il plus des liens qui l'unissaient au parti adverse, à Adélaïde, à Basile, si même il ignorait l'amitié que le commandant portait à Pascal ? Si, revenant de la demeure des Assardière, Hippolyte avait accepté de céder aux prières de son frère, il devait bien aujourd'hui s'avouer que cela avait été en grande partie parce qu'il avait appris que Pascal serait du voyage. Sans doute, naviguant dans deux escadres différentes, ils devaient avoir peu d'occasions de se rencontrer. Mais savoir ce garçon près de lui, engagé dans la même aventure, plaisait au commandant. Sans doute son amitié pour Pascal était elle faite surtout de souvenirs et la liaison probable de ce garçon avec Adélaïde aurait dû le lui rendre désagréable. Mais il ne pouvait pas ne pas tout lui pardonner, se rappelant le garçon si beau, si délicatement affectueux qu'il avait été. Pour cette ombre que Pascal projetait, qu'il rappelait encore parfois, Hippolyte souhaitait sa présence et l'aimait. Et puis, il y avait eu le long ennui d'une traversée monotone. Bien sûr, Haqueville était habitué à l'isolement pesant du navire en pleine mer, mais il était accoutumé à le partager avec des hommes différents : ses officiers de la marine impériale étaient d'une autre origine, d'une autre formation que ceux qui l'entouraient dans ce voyage. Le milieu était différent, moins raffiné, donc les distances hiérarchiques s'y trouvaient moins marquées. Le commandant avait souffert de ce contact avec des hommes qu'il avait désappris à connaître. Il s'était réfugié dans une froideur hautaine qui avait augmenté sa solitude. Il eut le temps de penser… trop peut-être !... Le temps de se rappeler son enfance un peu jalouse de l'éclatante santé de son frère François, sa carrière d'officier de marine embrassée plus par tradition familiale et par orgueil que par vocation véritable. Avait-il été heureux ? Son existence vagabonde et aventureuse regrettait le calme bonheur de François, sa vie paisible au milieu des siens, de garçons aussi charmants que Charles et Henri. Avait-il aimé jamais ? Adélaïde le lui avait fait croire un moment. Il savait depuis longtemps ce qu'on devait penser des amitiés de Madame Sartilly. Et puis, il y avait eu Basile, qu'il pouvait croire son fils, qu'il avait aimé de l'amour le plus pur, le plus paternel. Basile, peut-être son véritable amour ! Mais Basile ne l'aimait pas, fidèle au souvenir du mari de sa mère, de cet amiral hautain et sévère qui, pour lui, était le plus compréhensif et le plus gai des amis. Jamais Hippolyte n'avait pu faire la conquête de ce garçon sensible et aimant, mais aimant une ombre. Pour l'enfant, il était resté un intrus, un étranger qui n'avait aucun droit à son affection. Le commandant se rappelait le regard fier du petit, rectifiant, lors de leur dernière promenade ensemble à Granville : « Non, mon père à moi était amiral ! »

Jamais Haqueville n'aurait le courage de le détromper, et d'ailleurs, pouvait-il ne rien affirmer ? Hippolyte était trop sceptique et trop intelligent pour s'imaginer qu'une vérité — incertaine — vaut que pour elle on bouleverse une âme d'enfant. Il aimait assez Basile pour accepter de n'être rien pour lui si le bonheur du petit était à ce prix. Il aimait assez l'amour pour que lui plaise la fidélité de Basile à l'encontre de l'amiral. « Ce garçon me ressemble, il aime trop ! » Se disait-il souvent. Et ce soir, évoquant le visage si pur et si fier de l'enfant, Hippolyte se sentait pris d'une grande tristesse. Que serait pour lui l'avenir ? Sa mère, insouciante et légère, dépensait sans compter, beaucoup plus que ses revenus ne le lui permettaient. Sans doute restait-il la fortune personnelle de l'enfant, l'héritage de l'amiral. Par quel jeu cruel, ou avec quelle insouciance, Adélaïde l'avait-elle engagée dans l'expédition Sartilly ? Était-ce pour tenter le commandant, si les intérêts des deux flottes venaient à s'opposer, de trahir son frère au profit de son fils ? Hippolyte ne pouvait croire à un tel machiavélisme. D'ailleurs, le succès de l'une ou l'autre flotte dans cette campagne de pêche allait dépendre de toute autre chose que de la volonté d'Haqueville. Le sort, demain, allait décider. Mais le commandant ne pouvait éluder la question : au plus profond de son cœur, souhaitait-il vraiment que le meilleur emplacement soit attribué à la flotte dont il avait assumé la responsabilité ? C'était son devoir assurément, mais il craignait bien que ce fût la seule raison qui le déterminât à prier Dieu que le sort favorise le pavillon des Haqueville.

Il replia la carte et ses yeux s'arrêtèrent sur le banc que son second lui avait signalé comme tantôt très mauvais et tantôt excellent. « Si j'étais sûr qu'il soit, cette année, favorable, murmura le commandant, je souhaiterais que le sort me l'attribue et que l'autre, que l'on dit meilleur, échoie aux Sartilly, cela arrangerait tout ».

Il faisait complètement nuit.

*

Le lendemain, une vedette débarquait au port de Terre-Neuve : le commandant Haqueville venait assister au tirage au sort. Presque au même moment, une autre embarcation amenait le commandant de la flotte Sartilly accompagné de Pascal. La rencontre fut des plus cordiales, Hippolyte était heureux de revoir le jeune homme dont le hâle de la mer renouvelait la beauté.

Tous deux allèrent se rafraîchir à la taverne, Pascal, comme à l'accoutumée, discourant avec charme de choses indifférentes. Le commandant écoutait distraitement, se rappelant ces jours passés où il se promenait à cheval dans la campagne normande avec l'enfant qu'était alors Pascal, où ils s'arrêtaient tous deux à quelque auberge pour boire une bouteille de cidre bouché, où le petit le remerciait d'un sourire si lumineux que, devant lui, Hippolyte baissait les yeux. Ce temps était loin. Il paraissait étrange à Haqueville d'être aux côtés du jeune Assardière dans cette île perdue. Il se sentait dépaysé comme jamais peut-être dans sa carrière de marin. Que se passait-il en ce moment en Normandie ?

— Tu sais, dit tout à coup Pascal, qu'une frégate est arrivée hier soir de Granville ? Elle a quitté la France bien après nous et apporte du courrier, il y en a peut-être pour toi. Je vais demander au commandant.

Rarement Hippolyte avait attendu un courrier avec cette impatience. Rarement aussi il avait eu moins de raisons de le faire. Qui donc pensait à lui pour lui écrire ?

Pascal lui apporta une seule lettre et s'excusa de le quitter : son commandant le réclamait. Hippolyte reconnut l'écriture d'Adélaïde. Serait-il arrivé quelque chose à Basile ? Il brisa vivement le cachet et lut :

« Mon bon ami,

« Le temps n'est plus sans doute où nous nous écrivions souvent et je crois voir votre étonnement en reconnaissant (j'espère ?) mon écriture. Mais ce n'est pas pour le seul plaisir de tracer les lettres, hier si familières, de votre nom que je vous écris aujourd'hui : j'aurais eu peur d'être égoïste. Non, la raison de cette missive est plus grave et c'est de quelqu'un qui vous est resté plus cher que je me sens le devoir de vous entretenir aujourd'hui. Vous avez quitté Basile innocent et pur. Cet enfant-là, vous ne le retrouverez jamais plus, parce qu'il a eu le malheur de plaire à votre neveu ! Je sais l'affection que vous portez aux enfants de votre frère. Je sais aussi qu'un gentilhomme ne craint pas la vérité.

« Vous savez que j'avais consenti, sur les instances de ma belle-sœur, à laisser Basile partir à Beuzeval en compagnie de Madame d'Haqueville, de Charles et d'Henri. Déjà, cet été, j'avais pu, à différentes reprises, me rendre compte de l'intérêt que votre neveu portait au petit. Une fois même Basile m'avait avoué ingénument qu'« Henri lui avait donné rendez-vous... » Mais je pensais qu'il s'agissait là de simples enfantillages. Je puis me reprocher d'avoir été trop confiante, mais c'était votre

neveu... et son cousin germain ! Pourtant, une fois Basile parti, je me sentis plus inquiète. Les quelques lettres qu'il m'écrivait montraient une exaltation inhabituelle chez lui depuis la mort de mon mari. Rarement il me parlait d'Henri, c'était à croire qu'ils ne se promenaient jamais ensemble ! Par contre, il me faisait de ses moindres excursions des descriptions enthousiastes. Or, je suis habituée de sa part à plus de froideur ! Tout cela m'a décidée à arriver à l'improviste à Beuzeval, sous couvert de reprendre mon fils et de l'emmener à Paris. Mon arrivée parut gêner tout le monde : mon fils me déclara tout net qu'il eût préféré rester plus longtemps à Beuzeval et, malgré toute sa diplomatie, Henri ne put totalement cacher sa contrariété. Ce désappointement pouvait s'expliquer cependant par l'ennui de me voir gâcher d'agréables vacances ; je ne m'en alarmai point, rassurée d'être près de mon fils. La veille de notre départ encore, j'avais confiance dans l'honneur de votre neveu. Peut-être eût-il mieux valu que ce soir-là je ne me fusse point attardée dans le parc du Moulin à admirer la lune se refléter mélancoliquement dans les eaux immobiles de l'étang. Le salon était illuminé. Par les fenêtres ouvertes je voyais Henri assis dans un fauteuil et mon fils aller et venir dans la pièce. Bientôt ils furent l'un près de l'autre et je vis votre neveu embrasser votre fils, brutalement, presque sauvagement... J'en demeurai comme étourdie, comprenant enfin ce que mon amitié pour votre famille m'avait jusqu'alors empêchée de voir. La cloche du souper sonna. Par souci — encore — de l'honneur de votre nom, Hippolyte, je ne voulus rien dire et j'assistai, m'efforçant d'être gaie comme à l'ordinaire, à un dîner où se livrait la joie instinctive, animale, d'un enfant que nous avons beaucoup aimé, que nous avons voulu rendre heureux et qui, désormais, connaît d'autres plaisirs... où brillait aussi dans les yeux d'Henri une ardente flamme de désir et d'orgueil : ce petit garçon-là, si beau, lui appartenait désormais, plus qu'à nous.

« Vous devez comprendre — je sais votre cœur et votre amour pour votre fils — combien alors j'ai souffert ! Voir ainsi détruire l'ouvrage de tant de jours, rendre vains tant d'efforts, de précautions, de soins attentifs, voir l'irréparable s'accomplir, se briser à jamais le délicat cristal d'une âme pure, savoir que cet enfant qu'on aime, innocent encore peut-être, est le jouet d'un autre, que quelqu'un a brisé la porte qui défendait le domaine secret de son cœur et s'y promène en maître, que votre fils enfin n'est plus que son ami !

« Je vous laisse juge de la conduite d'Henri, elle ne m'intéresse pas. J'ai emmené Basile loin de lui, je ne lui parlerai jamais du passé. Peut-être oubliera-t-il ? Mais je ne pouvais vous laisser dans l'ignorance d'un événement qui risque d'être si grave pour son avenir. Je sais combien vous aimez ce garçon qui vous ressemble, avec quel soin jaloux vous veillez sur lui. Je comprends votre douleur et votre colère, elles sont miennes. Hippolyte, votre famille m'aura fait beaucoup souffrir ! Parce que je vous ai aimé et qu'un jour vous m'avez aimée ! »

« Adélaïde »

*

Lentement, machinalement, Hippolyte replia la lettre ; il se sentait très calme, atrocement lucide. Basile dévoyé par Henri ! Henri, ce neveu très aimé, à qui il avait, lors de son départ, confié la pureté de l'enfant ! Quelle trahison ! Quelle bassesse aussi ! Profiter de l'isolement du petit, de son désarroi moral pour abuser de son innocence ! Ravir à un pauvre garçon sans fortune, sans appui, le seul bien qui lui reste : son âme, alors qu'on est soi-même le cadet d'une riche et puissante famille ! Cela manquait vraiment de grandeur pour quelqu'un de sa race. Henri se souvenait-il de ce que des ancêtres à lui, un jour lointain du Moyen-âge, avaient été chevaliers ? Est-ce ainsi qu'il entendait la défense du faible et de l'orphelin ? Plus peut-être que de la colère, Hippolyte ressentait un mépris profond de celui qui avait été son préféré. Si tant de milles ne l'avaient pas séparé de lui, avec quel plaisir il l'eût accablé… Mais François d'Haqueville avait singulièrement facilité les manœuvres de son fils en renvoyant si loin le commandant. Était-ce à dessein ? Malgré son ressentiment, Hippolyte ne le croyait point, mais il ne pouvait pas ne pas rendre son frère un peu responsable de cette aventure. Décidément, sa famille lui coûtait cher ! Et tout à l'heure il devrait défendre les intérêts de ceux-là par la faute de qui était détruite la seule image vraiment pure qui eût éclairé sa vie solitaire, par la faute de qui toute sa vie serait un échec puisqu'il ne laisserait personne digne de continuer son nom ! Défendre les biens de ceux qui n'hésitaient pas à prendre l'honneur d'un enfant !...

— Mon commandant, le sort vous est favorable…

Le capitaine de l'expédition Sartilly entrait à ce moment dans le salon de l'auberge, ainsi que Pascal et d'autres officiers.

— Votre flotte s'est vu attribuer le banc de X…, le meilleur. Nous avons le pire, à moins que les dieux nous soient favorables : le banc des Surprises ! Nous jouons l'inconnu, vous jouez gagnant.

Hippolyte s'était levé. Son regard lointain avait une flamme cruelle.

— Non, Messieurs, je ne joue jamais sans risque. À vaincre sans péril, on triomphe sans gloire ! Les gens de ma race aiment le combat plus que la victoire. Commandant, vous qui représentez Monsieur Sartilly, je vous donne le lot qui m'est échu. Donnez-moi le vôtre, et que le ciel, entre nous, décide !

*

Le lendemain, la flotte Haqueville mettait le cap sur le banc des Surprises.

CHAPITRE VIII : Amara Valde

« Dies magna et amara valde »[3]

I.

Les nuages gris passaient, très haut dans le ciel. Assis devant son grand bureau de style Empire encombré de papiers, François d'Haqueville les regardait s'enfuir. Ce n'était pourtant pas son habitude de rêver. Peut-être était-ce la fatigue d'un travail épuisant, mais ce matin ses pensées étaient tristes.

Il avait vu avec joie sa famille revenir de Beuzeval. Henri était toujours aussi gai, Charles aussi amoureux d'Éléonore ; mais il lui avait semblé depuis lors remarquer, de la part de la famille Assardière, une certaine froideur que rien apparemment, ne motivait. Fallait-il en voir la cause dans les bruits, dont l'armateur ne parvenait pas à déceler l'origine, qui se répandaient dans les milieux d'affaires normands et selon laquelle la maison Haqueville était à la veille de graves difficultés. François savait mieux que quiconque que ce serait vrai si les résultats de la pêche à Terre-Neuve étaient mauvais ; mais rien jusqu'ici ne le faisait craindre. Et même, si par impossible, ce malheur se produisait, il resterait encore — espoir suprême — ce beau navire envoyé aux Antilles, *Les Deux Sophies,* dont la riche cargaison n'avait pas été assurée pour que le gain total en revînt à l'armateur. C'était là, certainement, un gros risque, mais que

[3] *« Jour de grande amertume » :* extrait de la prière catholique *libera me.*

l'état de la trésorerie imposait : un bénéfice médiocre n'eût servi à rien. Et la chance, dit-on, sourit aux audacieux !

François d'Haqueville voulait le croire ; mais s'il en avait été sûr, pourquoi chaque jour eût-il demandé à son secrétaire si nul courrier n'était arrivé de Terre-Neuve ou des Îles ? Pourquoi aujourd'hui allait-il poser la même question à Achille Vinay qui entrait, grimaçant plus que de coutume, le regard brillant d'une lueur étrange comme l'on voit aux yeux du chat contemplant le papillon longtemps convoité qu'il tient enfin entre ses griffes ?

— Monsieur, un navire vient d'arriver de Terre-Neuve. Il apporte des nouvelles. Les bancs de pêche sont distribués. Le sort nous a attribué celui de X…, le meilleur d'ordinaire, mais…

L'armateur ne le laissa pas achever.

— Remercions le Seigneur, Sa Providence protège ma maison ! Tant d'efforts ne seront pas vains !

Il s'était levé et serrait les mains de Vinay dont les lèvres se tordaient malgré lui en un ricanement irrépressible.

— Mais, Monsieur, permettez-moi d'achever ! Le commandant, votre frère, a laissé ce banc aux Sartilly et pris en échange le « Banc des Surprises ». On ignore encore pour quel motif. Peut-être a-t-il de bonnes raisons de le faire ?

Échanger X… avec le « Banc des Surprises » au bénéfice des Sartilly ?... Son frère ?... C'était impossible ! L'armateur, le visage livide, s'appuya sur son bureau, il lui semblait que la pièce, autour de lui, tournait. Impossible, c'était impossible !

— Vous êtes sûr, Achille, de ce que vous me dites ?

Il n'entendit même pas la réponse de son secrétaire, mais comprit, à ses gestes, qu'elle était affirmative.

— C'est bon, laissez-moi seul, je vous appellerai tout à l'heure !

Lorsque Vinay fut parti, François s'assit lourdement. Machinalement, il prit à la main son coupe-papier familier à manche d'ivoire et grava des lignes étranges sur le cuir de son sous-main. Il essayait de voir clair, de comprendre une si étrange nouvelle. Avoir tiré au sort le meilleur emplacement et l'abandonner à son rival pour le plus incertain, cela n'était pas compréhensible, on manquait de bases pour raisonner sur des faits aussi invraisemblables ! Plus exactement, il y avait bien une explication vraisemblable, logique : le commandant d'Haqueville avait trahi les intérêts de son frère ! Mais François ne pouvait se résoudre à le penser.

Pourquoi Hippolyte l'aurait-il fait ? Pourquoi ? Se répétait l'armateur. Mon frère connaît ma situation et l'importance de cette pêche, il n'a aucune raison de trahir mes intérêts. Peut-être ne nous sommes-nous pas toujours compris, mais jamais je ne lui ai causé le moindre tort, et il aime beaucoup mes fils. Pourquoi ? Je connais son désintéressement, l'argent ne l'intéresse pas. Il n'a aucune raison de favoriser mes concurrents, il n'aime ni Madame de l'Assardière ni Monsieur Sartilly dont il jalouse l'amitié que lui porte Adélaïde. Incompréhensible ! À moins que… Des images du passé revenaient à la mémoire de l'armateur : en de multiples occasions, l'attitude de son cadet envers lui l'avait surpris. Il avait parfois semblé heureux de prendre l'avantage, de le rejeter dans l'ombre. Serait-il jaloux de son aîné ? Jaloux, mais pourquoi ?

Non, plus François réfléchissait, plus il lui semblait impossible que son frère l'eût trahi. Il connaissait son caractère violent, implacable, mais ne pouvait trouver aucun motif à une pareille action. Non ! Peut-être Hippolyte n'avait-il fait cet étrange marché que dans la certitude d'y gagner ? Parfois, le « Banc des Surprises » était excellent. Sur place, le commandant pouvait avoir recueilli des renseignements qui manquaient à l'armateur. C'était même l'explication la plus plausible.

Hippolyte avait, en connaissance de cause, échangé le bon pour le meilleur !

Lorsque Vinay, appelé, revint dans le bureau de Monsieur d'Haqueville, ses yeux perdirent un instant leur clarté heureuse : l'armateur, détendu, souriait.

*

Ce soir-là, Madame d'Haqueville dormit mal et fit un songe étrange : elle était à sa fenêtre et voyait, sur la mer démontée, courant sur Roche-Gautier, un grand et beau Trois-mâts. Ce navire semblait lutter avec difficulté contre la tempête. Elle apercevait le capitaine distinctement, ainsi que les hommes d'équipage. Un mât, par l'ouragan, avait été arraché. Le bateau semblait ne plus gouverner, le ciel était lugubrement noir. Bientôt, une certitude s'imposait à Madame d'Haqueville : ce navire était *Les Deux Sophies,* et il sombrait. Bientôt, rien que quelques épaves n'allaient plus encombrer la surface sombre des flots. Elle se réveilla dans l'angoisse. La certitude d'une catastrophe inévitable l'oppressait. Ce fut pour que Dieu épargne la vie des marins en péril qu'elle pria.

II.

Charles avait toutes les raisons de regretter Beuzeval où il avait, et la liberté de ses journées et la continuelle présence d'Éléonore alors qu'à Granville, son travail repris, les moments passés auprès de sa fiancée étaient rares, d'autant plus rares que la famille Assardière semblait s'ingénier à multiplier les obstacles à de plus fréquentes réunions.

Charles cependant s'en consolait en mettant la dernière main à sa toile de la Vierge aux Rochers : bientôt Éléonore pourrait contempler l'œuvre achevée et reconnaître ses yeux en ceux de la Vierge. Tout serait prêt pour la prochaine exposition. Reconnaîtrait-on l'inspiratrice ?

Henri, lui, n'avait pas de ces soucis et quitter Beuzeval lui avait été presque agréable : Basile parti, cette plage lui était devenue insupportable, qui lui rappelait l'absence de son ami par le souvenir de sa présence d'hier, comme lui rappelait le Moulin, ce baiser d'un soir qu'il n'était pas loin, aujourd'hui, de regretter. Il eût été justifié si les jours d'après avaient continué la même ivresse, mais ce geste que rien n'avait suivi, inutile, lui paraissait une faute. Pour rien, car Basile sans doute ne serait jamais son ami, ne l'aimant pas. Il avait pu troubler la pureté d'une âme d'enfant et mettre en ses yeux limpides une flamme nouvelle. Pour rien, car il était demeuré sur le seuil, il avait ouvert le jardin clos, il en avait respiré l'enivrant parfum, goûté la jeune fraîcheur. L'ombre même de ces secrètes allées lui était apparue transparente et il avait rêvé voir son image se refléter dans l'eau pure de la fontaine. Mais celle-ci, pour lui, était restée scellée. En serait-il toujours, et pour tous, ainsi ? Sans doute, l'eau restait pure, mais le chemin était frayé pour d'autres qui pourraient venir, et le mal avec eux. N'aurait-il travaillé que pour Satan ? Henri se le demandait. Son amour très pur aurait mené cet enfant, qu'il aimait, au vice ? Non, ce ne pouvait être !

Et pourtant ! La facilité du petit le troublait. Saurait-il, à d'autres, mieux résister ?

*

C'était un soir d'hiver commençant, froid, et que la plainte tragique du vent rendait lugubre. Henri regardait la pluie battre inlassablement la double fenêtre. Il frissonnait. Cette humidité froide le glaçait. Basile, au collège, devait souffrir de cette rude saison. Quand reviendrait-il à Granville ?

Quel être pourrais-je aimer, mon Dieu, murmura-t-il, que mon amour n'avilisse point ?

Il ne pouvait se dissimuler qu'il ne se posait la question que sachant la réponse.

*

C'était sur l'initiative de Madame d'Haqueville que l'on avait écrit aux Assardière pour inviter toute la famille à un grand dîner rue Saint-Gaud. Depuis quelque temps, Sophie remarquait que les Assardière cherchaient le plus possible à éviter les Haqueville. Éléonore, elle-même, demeurait invisible, un peu fatiguée, assurait-on, et ne recevait aucune visite. Charles était, sa mère le sentait, très affecté de cette froideur soudaine. Visiblement, il ne croyait pas aux prétextes invoqués, Sophie non plus, bien qu'elle l'eût essayé, mais elle ne pouvait trouver une explication satisfaisante. Rien, ni de sa part ni de celle de son fils ne pouvait justifier une telle attitude. Si elle eût été seule en cause, elle eût répondu par plus de froideur encore, mais Charles souffrait. Qu'importait, alors, une vaine susceptibilité ? Sophie se résignait à prendre l'initiative de renouer des relations. À cette invitation, les Assardière ne pouvaient se dérober, elle était semblable à toutes celles que toujours, jusqu'ici, ils avaient acceptées. Si, par impossible, ils refusaient, la situation au moins serait nette.

— Vous avez bien fait porter la lettre, Maman ? demanda Charles qui entrait. Les Assardière devraient répondre dès demain.

— Mais oui, mon chéri, par ma femme de chambre, lui répondit Madame d'Haqueville avec un bon sourire. Mais ses yeux, tout à coup, s'emplirent de larmes.

III.

Cette fois, le but poursuivi depuis longtemps était prochain. Le sort, enfin, lui était favorable, qui désertait les couleurs Haqueville. Bientôt la célèbre maison connaîtrait le fracas des écroulements. Bientôt l'armateur saurait l'amer parfum des ruines amoncelées. Bientôt lui, Vinay, serait grandi de sa chute, ennobli de sa déchéance. Bientôt il pourrait se redresser, ne plus jouer l'atroce comédie de l'humilité, parler en maître. Bientôt, il serait lui-même. La journée peut-être ne s'achèverait pas sans que ce rêve devînt réalité. Les flottes de terre-neuvas revenaient aujourd'hui à Granville et les renseignements recueillis par Vinay auprès de Monsieur Sartilly lui permettaient d'espérer un échec complet de la pêche au « Banc des Surprises » : le commandant Hippolyte d'Haqueville reviendrait ses navires à peu près vides et la maison ne se relèverait pas de ce nouveau coup. Enfin, ce serait la ruine !

Achille imaginait déjà la rencontre des deux frères : la surprise de François, encore ignorant de son malheur, son effondrement quand il saurait la vérité. Ah ! De pareilles minutes le paieraient bien d'années d'obscurité à l'ombre de son maître ! Peut-être eût-il pu lui pardonner d'être le patron s'il l'avait jugé indigne de l'être, s'il avait pu le mépriser, car, ainsi, il eût été, en esprit, supérieur à lui. Mais d'être obligé, parfois, de l'admirer lui causait une telle souffrance qu'il lui semblait alors haïr comme jamais on n'avait haï. Oui, il serait payé ! Mais maintenant que tout proche était le but de tant d'efforts, de tant de haine, Vinay se demandait si la plus effrayante ruine pourrait valoir une si longue patience. Il se souvenait de ses débuts, jeune commis, dans la maison Haqueville, le contraste dont il commençait alors à prendre conscience entre l'humble condition de sa mère vouée aux « travaux ennuyeux » et que l'on dit

« faciles » pour laquelle elle n'avait jamais éprouvé d'amour, et la dignité tranquille, assurée, de Madame d'Haqueville, la mère de François ! Il se rappelait aussi que, un certain soir, il n'avait pu dormir parce que l'obsédait l'image de François, alors jeune garçon comme lui, traversant le bureau où lui, Vinay, travaillait, pour aller montrer à son père un petit chat persan qu'il tenait dans ses bras. Sa beauté, sa distinction, la joie qu'il incarnait, de vivre et d'être jeune… Tout cela avait fait mieux ressentir à Vinay sa laideur et sa dépendance. De ce jour il avait haï François. Et cette haine avait rempli sa vie. C'est à cause d'elle qu'il s'était insinué si habilement dans les faveurs de Monsieur d'Haqueville que celui-ci l'avait transmis à son fils François comme « son plus fidèle commis ». Et son ascension même au poste de premier secrétaire n'avait été pour lui qu'un moyen de mieux nuire à son maître, une raison de plus aussi de le détester, car cette fonction le rapprochait encore de lui, et la haine, comme l'amour, se nourrit de présence. Combien, alors, il avait souffert des prévenances de François à son égard, de sa préoccupation constante de lui éviter tout travail inutile, de sa volonté, enfin, d'en faire un familier de la maison, un ami !

Contre cet assaut il avait dû lutter, souvent même il avait été tenté de s'abandonner à tant d'amabilités, mais toujours il s'était souvenu des désirs refoulés de son enfance, de sa jeunesse que le bonheur éclatant d'un autre avait fait malheureuse, de l'impossibilité où on le voulait de s'élever plus haut que son actuelle position, et sa haine était demeurée la plus forte.

Aujourd'hui, la catastrophe imminente lui donnait raison. Si elle ne le pouvait satisfaire entièrement, il avait du moins le plaisir de penser que la ruine de son maître serait le couronnement de sa fortune. Lentement, il avait amassé des sommes considérables soustraites à la confiance du patron. Et l'armateur Sartilly lui avait promis, en récompense de ses peines, une bonne part des bénéfices de sa flotte dans la campagne qui s'achevait. Haqueville se ruinerait dans la proportion où lui s'enrichirait. Plus que l'argent même, cette considération rendait Achille joyeux. Il avait bien travaillé !

*

La porte de l'antichambre s'était ouverte toute grande : le commandant d'Haqueville entrait, rapide, en grand uniforme, le regard dur, impassible. Achille s'empressa à sa rencontre et l'introduisit dans le bureau de l'armateur qui fit signe à son secrétaire de rester : n'était-il pas au courant de toutes les affaires de la maison ?

Avant que Monsieur d'Haqueville ait eu le temps de s'avancer vers lui, Hippolyte l'arrêta.

— François, reste, je t'en prie, je n'ai que de mauvaises nouvelles à t'apprendre ! Je reviens les mains vides, la pêche a été désastreuse. Je croyais avoir choisi le meilleur banc de pêche, je me suis trompé… Ah ! Pourquoi as-tu voulu me charger d'une mission que je ne me sentais pas capable de remplir ? Pourquoi m'as-tu obligé à accepter ?

— Hippolyte, assez, je t'en prie !

Le visage de l'armateur s'était durci. Tout semblait crouler autour de lui. La partie était perdue sans doute, mais jamais il ne faiblirait dans la lutte. Il relevait le défi du destin. Demain, il serait temps de mesurer l'étendue du désastre.

— Ne parlons pas de cela. Combien de tonnes de poissons rapportes-tu ?

— De quoi remplir une de nos chaloupes à peine. Nous avons passé des semaines sans rien prendre.

La voix d'Hippolyte était froide comme s'il eût fait quelque rapport dénué d'importance.

— Mais pourquoi as-tu abandonné ton lot pour choisir le « Banc des Surprises » ? C'était fou !

Une lueur de colère passa dans les yeux du commandant qui répondit seulement d'une voix sourde :

— Peut-être ! Mais je croyais gagner au change, mes renseignements étaient mauvais, voilà tout ! Il est permis de se tromper.

— Pas à un chef !

François se maîtrisait avec peine. Que son cadet se soit trompé, là n'était pas la question, mais qu'il n'en exprimât aucun regret, que la ruine de son frère le laissât aussi froid que s'il se fût agi de celle de l'empereur de Chine, voilà qui le révoltait.

— De toute manière, cet échange donnait un banc très sûr à nos concurrents directs. Tu n'aurais pas agi autrement si tu avais voulu favoriser les Sartilly ! J'en viens à me demander…

— Si ce n'était pas mon intention, n'est-ce pas ? Coupa Hippolyte d'un ton d'une ironie amère. Je m'attendais à ce que tu me dises cela, c'est tellement simple ! Dommage que ce soit faux ! Le bon et le méchant, l'homme droit et le traître, quelle opposition classique ! En un sens, elle me flatte : on me croit trop intelligent pour me tromper jamais. Merci ! Mais la vérité est plus simple : j'ai commis une erreur. Suis-je le seul ? Et n'es-tu pas, le premier, responsable de cet échec ? Pourquoi as-tu voulu absolument me donner ce commandement que je refusais ? Pourquoi m'as-tu arraché mon consentement ? L'erreur fondamentale est là. Tout le reste en découle. Le vrai responsable, c'est toi ! Ah ! Pourquoi…

— Pourquoi ai-je eu confiance en toi ? C'est cela ? Parce que tu étais mon frère et que l'heure était grave, parce que je croyais, par delà quelques dissentiments sans importance, que notre devoir et notre intérêt étaient d'unir nos forces dans une lutte commune, parce que j'étais assez sot, enfin, pour être plus sûr de ta fidélité que de celle d'un mercenaire ! Si c'est cela que tu me reproches, tu as raison, j'ai été naïf ! Entre Madame Sartilly et moi, tu n'as pas hésité… J'estimais trop ton honneur pour le prévoir. J'ai eu tort, je l'admets, mais cette faute n'accable que toi. Ne me réponds rien, je t'en prie ! Tout est fini entre nous. Le mieux, sans doute, est de ne jamais nous revoir. Que Dieu te garde, mon frère !

La colère de François s'achevait sur une note de désespoir. Hippolyte, un instant, avait paru vouloir répliquer, mais dans un violent effort il s'était contenu : jamais son frère ne connaîtrait la vraie raison de sa « trahison », ce serait une suprême élégance. Impassible, il répondit :

–Adieu, François!

En prononçant ce nom familier, sa voix s'enroua. Il sortit très vite.

Les yeux d'Achille étincelaient de joie.

*

— Monsieur Henri, voici une lettre que Monsieur votre oncle a fait remettre pour vous avant son départ.

Hippolyte déjà reparti ? Henri ne comprenait rien à ce que lui disait le domestique. Son oncle ne venait-il pas de débarquer ? Et que signifiait cette lettre insolite ?

« Henri,

« Quand tu liras cette lettre, j'aurais quitté la maison Haqueville pour ne jamais y revenir. Je veux que tu saches que c'est à cause de toi. Ton père me rend responsable du désastre de la campagne de pêche, c'est normal, j'en étais le chef et personne n'ira imaginer que tu aies joué quelque rôle en cette affaire ! Longtemps sans doute on s'interrogera sur ce que certains appelleront une erreur, et d'autres, avec mon frère, une trahison. On pensera à tout peut-être, pas à toi. On croira que j'ai exercé mon commandement l'esprit libre. On ne saura pas

qu'à l'heure décisive de cette campagne j'ai eu l'âme troublée par la révélation de ta conduite à l'égard de Basile. Rien au monde ne pouvait me faire plus de peine. As-tu songé, un instant, que cet enfant était pur et qu'il est écrit : « Malheur à celui qui scandalise l'un de ces petits » ? As-tu pensé qu'il ne serait jamais plus ce qu'il était avant de te connaître, qu'un être en lui était mort qui ne renaîtrait point, un enfant innocent et joyeux ne vivant que pour jouer et dont les yeux clairs reflétaient le ciel ? As-tu pesé qu'en un moment tu détruisais l'œuvre d'années entières, que tu disposais, pour ton plaisir, d'une vie que Dieu avait faite pour sa gloire ? As-tu pensé qu'aux jours qui précédaient mon départ à Terre-Neuve j'avais confié cet enfant à ton amour, croyant que tu l'aimais assez pour le respecter, pour vouloir qu'il puisse croître et non diminuer, pour l'estimer, enfin, plus que le désirer ? Non ! Qu'importaient les promesses, les scrupules ! Ton plaisir commandait, tu as obéi. Je te savais une nature ardente, je connaissais ton amour de la vie, mais je te croyais l'âme assez noble pour triompher des tentations vulgaires, pour préférer l'amour au plaisir, pour respecter l'innocence et l'isolement. Tu sais la condition de Basile, combien il est seul, sans l'appui ni les conseils d'un père. Je pensais que tu y verrais une raison de plus de ne pas abuser de la naïveté de son enfance. Tu n'y as aperçu qu'une plus grande facilité de t'en jouer, sans même songer à l'avenir de cet enfant, peut-être irrémédiablement engagé sur le mauvais chemin ! Tu n'as pensé qu'à toi, à ton plaisir. Je ne reconnais pas le garçon que j'aimais autrefois... Tu n'es pas digne d'être de notre race et je ne te considère plus comme étant de ma famille.

« Nous ne nous reverrons peut-être jamais. Je méprise trop ta conduite pour la haïr, mais je voulais que tu saches ce que l'affection que j'ai pour ton père — et peut-être encore pour toi — m'a empêché de lui dire tout à l'heure et qui m'aurait justifié à ses yeux. Si tu as encore quelque conscience, réfléchis au mal

que tu as fait à cet enfant qui, un jour, a pu t'être cher, au mal que tu m'as fait et, par moi, à ta famille. Réfléchis et tu comprendras qu'il est difficile de pardonner pour qui n'a pas la miséricorde de Dieu.

« À jamais !

« Hippolyte »

Henri, lentement, replia la lettre. Il n'était pas en colère, mais triste, profondément. Comme tout cela était bête ! Sans doute l'avait-on aperçu embrasser Basile, mais y avait-il là de quoi justifier une pareille lettre ? Et Henri, vraiment, n'avait rien de plus à se reprocher. Hippolyte devait-il croire aveuglément on ne sait quelle calomnie et charger son neveu de tous les péchés d'Israël ? Et même s'il le pensait coupable, était-ce une raison pour se venger en faisant échouer une expédition qui lui avait été confiée ? Il était trop commode, maintenant, de rejeter sur autrui la responsabilité d'un échec !

Et d'abord, à quel titre Hippolyte s'intéressait-il tant à la vertu de Basile ? Était-ce son ami ou son fils ? Si le commandant était, comme on le disait, le père de cet enfant, n'était-il pas déplacé de sa part de plaindre la « condition de Basile » et son isolement ? *« Nemo auditur propriam turpitudinem allegans »*[4], l'adage latin lui répondait. Oui, la responsabilité d'Hippolyte restait entière, mais Henri pouvait-il, en conscience, se proclamer innocent ? Sans doute, matériellement, il n'était pas coupable de ce qu'on lui reprochait, sans doute avait-il laissé Basile aussi pur que le jour où, pour la première fois, il l'avait rencontré… mais n'avait-il pas péché en esprit ? Qui pouvait savoir ce qu'il eût fait, peut-être, en d'autres circonstances ? Cet enfant, il l'avait

---

[4] Expression du droit romain signifiant : « Nul ne peut se prévaloir de sa propre turpitude ». Turpitude est pris au sens de négligence, illégalité ou crime. Exemple : celui qui tue son conjoint ne peut réclamer une pension de réversion ; celui qui quitte sans motif valable une réunion avant la fin ne peut s'opposer à une décision prise en son absence, etc.

désiré autant qu'il l'avait aimé ; il avait voulu le connaître dans le but de le séduire, il était entré dans sa vie avec l'intention de faire de ce garçon son ami. S'il avait arrêté ses pas au seuil du jardin fermé, était-ce seulement de peur de briser le charme mystérieux de ses chemins inviolés ? Dieu seul pouvait en être sûr ! Son ombre n'avait-elle pas marqué d'un signe étrange la claire ordonnance du Créateur ? Là peut-être surtout était la faute : avoir voulu disposer pour soi et modifier à son profit une âme créée par Dieu à son image…

Le soir tombait. Henri songeait à Hippolyte en route, malheureux à cause de lui. Il reprit la lettre dont l'obscurité rendait l'écriture irrégulière plus difficile encore à déchiffrer. Les phrases qui d'abord avaient amené sur ses lèvres un sourire de pitié lui paraissaient maintenant plus justes. Oui, l'isolement de Basile l'avait encouragé à lui faire la cour. Sans doute, il avait aimé la pureté du petit, mais, même pur, avait-il le droit d'imposer son amour à qui ne le demandait pas ? Jusqu'alors l'existence de cet enfant avait ignoré sa présence, sans lui s'écrivait son destin. Pourquoi s'insérer entre Dieu et cette âme ? Du seul fait qu'on aime, a-t-on le droit d'agir comme si l'on était aimé ? N'est-ce pas là orgueil, de refuser à l'autre le droit d'être différent ? Aimer, sans être aimé, et le laisser voir peut paraître le suprême égoïsme, celui qui se donne l'illusion d'être généreux !

Hippolyte s'était mépris sur la nature de leurs rapports, mais cela n'empêchait pas que ses reproches, dans l'ensemble, soient justes. Henri songeait à l'échec de l'expédition, à la peine qu'en aurait son père. Peut-être n'en était-il pas responsable de la manière que le prétendait son oncle, mais il l'était sûrement devant Dieu. La Providence n'avait pu protéger une maison dont l'héritier méprisait ses vies et travaillait à détruire l'ordre qu'elle voulait au monde. Cela était juste et toujours des innocents paient avec les coupables. Si demain la ruine survenait, qui en souffrirait davantage que Madame d'Haqueville ?

La nuit maintenant était complète. Henri se leva et alla s'agenouiller au pied de son lit devant le vieux crucifix d'ivoire. « Mon Dieu ! Que ma faute ne retombe pas sur ma famille, que ma mère soit toujours riche et mon frère heureux ! Mon Dieu, vous connaissez mon âme. J'ai mal agi peut-être, mais j'aimais. Si je me suis attaché à ce garçon c'est qu'il représentait pour moi la pureté dont mon cœur est épris. Mon Dieu, qu'il me soit beaucoup pardonné, car j'ai beaucoup aimé ! Vous savez que je vous cherche, je ne suis pas assez pur, assez désintéressé pour être de vos serviteurs, mais je suis avide d'absolu, j'aime la beauté de votre demeure. Mon Dieu, si Vous voulez que ma vie soit à Vous, je suis prêt ; je ne me sens pas digne d'entrer dans votre maison, mais dites seulement une parole et mon âme sera guérie… »

Une paix étrange envahissait Henri.

*

Le même soir parvenait la réponse des Assardière :

« Chère Madame,

« À notre grand regret, il nous est impossible de nous rendre à votre aimable invitation. Je pars en effet avec mes enfants à Paris pour quelques mois sans doute.

« En vous renouvelant toutes mes excuses, je vous prie d'agréer, chère Madame, l'expression de mes sentiments les meilleurs.

« Caroline »

Madame d'Haqueville avait les yeux pleins de larmes en allant porter cette lettre à son fils Charles. Ni elle, ni lui ne descendirent dîner.

Le lendemain, tandis que Charles, très déprimé, s'enfermait dans sa chambre, Madame d'Haqueville, émue par la peine de son fils, se résignait à aller demander quelques éclaircissements à Madame de l'Assardière sur sa soudaine froideur. Ce lui était chose pénible, car, naturellement douce et timide, elle avait gardé, après plus de trente ans de mariage, toute la réserve de la très jeune fille qui, un beau jour d'été, avait épousé François d'Haqueville. Mais lorsqu'il s'agissait du bonheur d'autrui, de celui de ses fils surtout, rien n'aurait pu la faire hésiter. Son indécision faisait place à une ferme résolution que nul obstacle ne pouvait faire fléchir : rien alors ne pouvait, que le succès, interrompre l'action de Sophie, rien ne la rebutait, rien ne la laissait. Son obstination croissait avec les résistances rencontrées.

*

Alors que Madame d'Haqueville descendait de son coupé à la porte de la sévère demeure des Assardière, Henri, agenouillé dans l'ombre chargée d'amour et de prières de la vieille église Notre-Dame, sentait en son cœur une indicible paix ; son âme lui semblait plus légère, l'inquiétude avait fait place à la certitude. Lorsque devant le simple crucifix d'ivoire, le prêtre lui avait donné l'absolution, il avait eu l'impression que tout se simplifiait. Ce qui, l'instant d'auparavant, eût semblé sacrifice pénible, lui apparaissait maintenant solution naturelle, nécessaire. Qu'importaient quelques renoncements si, à ce prix, tout s'éclairait ! L'insatisfaction que souvent il avait ressentie des plaisirs humains aboutissait logiquement à leur préférer le service de Dieu. Seul l'amour divin pouvait ne pas le décevoir. Ce mépris qu'instinctivement il avait de ce qui est lâche, laid ou commun, Dieu sans doute l'avait voulu pour le préserver des fautes vulgaires qui abaissent l'âme et l'asservissent à l'habitude. Sans doute, cela eût pu l'amener à de plus graves chutes, mais ne valait-il pas mieux risquer le pire — ou le meilleur — que de stagner dans une médiocrité sans remède ? Dieu avait voulu que l'amour dont les autres hommes se contentent ne le satisfasse point, qu'il n'accepte pas de dissocier le plaisir de l'amour et ne puisse les unir sans croire sacrifier l'amour.

Henri revenait maintenant vers la rue Saint-Gaud ; ce chemin familier lui rappelait le jour peu lointain où il l'avait parcouru en compagnie de Basile. Ce n'était pas un souvenir heureux. Non, jamais Dieu n'avait permis qu'il goûtât loin de lui un bonheur sans trouble. Ce n'était pas cependant du remords qu'il avait alors éprouvé, mais plutôt une déception. Ce jour-là, il avait ressenti l'absurdité de sa position : en cet enfant, il recherchait le charme très pur de son enfance que risquait de détruire cette recherche même. Il poursuivait un rêve, demandant à une créature humaine de combler ses désirs infinis… Il se condamnait au désespoir ou au scepticisme. Son cœur ardent ne souhaitait que se donner sans réserve et, s'il paraissait parfois craindre d'aimer, c'est qu'il savait que son amour ne connaîtrait point de bornes.

Mais d'un pareil amour Dieu seul est digne et Henri savait maintenant qu'il était né pour que sa vie soit, comme un encens, brûlée à son autel. C'est pourquoi il avait résolu de ne pas tarder, d'achever le chemin commencé, de s'engager définitivement. Il parlerait à son père ce matin même.

*

Il régnait dans les bureaux Haqueville une atmosphère de déroute : les commis délaissaient les écritures familières pour d'interminables conciliabules où l'on commentait l'échec de la pèche à Terre-Neuve, où l'on répétait les bruites alarmants qui se propageaient dans Granville. Chacun sentait la fin prochaine de ce qu'il avait connu, aimé ou détesté, mais à quoi il était habitué. Il semblait qu'il ne servît plus à rien de travailler, de se dévouer aux tâches quotidiennes qui paraissaient étrangement dépassées par les événements. On savait déjà ce qui n'était plus utile de faire, on ignorait encore ce que l'on devrait faire. On attendait.

*

Quand Henri entra dans le hall, certains employés se hâtèrent de regagner leur bureau et le saluèrent. D'autres, estimant qu'il n'était plus nécessaire de garder même l'apparence du travail, continuèrent à bavarder. Ceux-là ne le saluèrent pas. Henri le remarqua à peine : l'étrange atmosphère des bureaux, les mots de « faillite, liquidation » surpris au passage dans la conversation des commis, tout cela lui causait un étrange malaise : il avait l'impression de pénétrer dans une maison menacée par l'incendie ou de monter à bord d'un bâtiment en perdition. S'il n'eût écouté que son instinct, il se fut éloigné en hâte de cette maison de granit dont l'imposante masse ne lui apparaissait plus comme une protection, mais comme une menace d'ensevelissement. Maintenant que tout ce que sa jeunesse avait cru éternel menaçait de s'écrouler, Henri comprenait combien il y était attaché, et plus lourde lui semblait sa responsabilité morale en cette affaire. Mon Dieu, pourquoi faut-il que les innocents souffrent à cause des coupables ?

Il entrait dans le bureau de son père.

L'armateur lui fit de la peine. La veille au soir, il ne s'était pas aperçu du changement que la nouvelle de l'échec de sa flotte avait opéré chez son père. François d'Haqueville, sous le choc, s'était raidi : son habitude était de faire face, mais aujourd'hui il semblait accablé ; il avait terriblement vieilli.

— Mon père, pourrais-je avoir un entretien avec vous ?

L'armateur eut un geste las.

— Mon pauvre petit !

Sa voix hésita : à quoi bon revenir sur ce que tous deux savaient et ne devait-il pas toujours garder le fardeau pour lui seul ? Se plaindre lui eût semblé une lâcheté.

— Qu'y a-t-il ?

— Vous savez que depuis longtemps j'avais cru être appelé par Dieu à Son service… mon confesseur au collège, aussi bien que mon directeur de conscience ici, m'avaient mis en garde contre ce qui pouvait n'être qu'un entraînement de mon imagination, une rêverie de ma sensibilité. Ils m'avaient conseillé d'attendre. Ces dernières années, préoccupé surtout de mes études, je songeais peu à l'orientation future de ma vie. Mais depuis que j'ai quitté le collège, depuis l'été dernier surtout, le problème de ce que vous appeliez déjà « ma vocation » est devenu de nouveau essentiel pour moi. J'ai souhaité souvent l'oublier, jamais je n'y suis parvenu. Un moment, j'ai essayé de me soustraire à ce que je sentais bien être le destin de ma vie. J'ai voulu chercher mon bonheur ici-bas, avoir, des plaisirs du monde, la même satisfaction que le reste des hommes. Mais les joies humaines laissaient dans mon cœur un amer parfum d'ennui, de regret, peut-être de remords. Mon âme cherchait un absolu qui manquait à la terre. Même loin, en apparence, de Dieu, Sa présence accompagnait mes pas. C'est lui qui me faisait préférer la pureté d'un regard d'enfant au charme troublant des yeux d'une jolie femme, c'est Lui qui donnait à mon cœur la nostalgie d'un amour que Son accomplissement n'avilit point. Il a voulu que toute joie, comme toute grandeur humaine m'apparaisse non comme une fin, mais comme un départ vers un infini dont elle ne me pouvait donner qu'une dérisoire image !

« Il a voulu, aussi, qu'avec Lui je sois capable de grandes choses peut-être, mais que, loin de Lui, il ne soit plus pour moi de distinction entre le bien et le mal. Si je pouvais imaginer un instant que Dieu ne soit pas, tout m'apparaîtrait équivalent, car il n'y aurait plus d'ordre providentiel du monde. Pour exister, ma conscience a besoin de Lui. Je n'ai pas la vocation parce que je suis digne de Dieu, mais parce que j'en ai, plus qu'un autre, besoin et que j'ai la grâce de le comprendre. Jamais nous n'apporterons rien à l'infini ! Notre grandeur c'est qu'un Dieu nous aime assez pour nous donner tout. »

La voix d'Henri, très calme, s'était empreinte d'émotion. Ses yeux reflétaient l'ardeur, nouvelle chez lui, de la conviction. Il était encore plus beau !

Monsieur d'Haqueville l'avait écouté d'abord avec surprise. Le langage d'Henri évoquait une atmosphère si différente de ses préoccupations actuelles ! Et il était si peu disposé, en ce jour d'accablement, à croire en quelque chose ! Mais à mesure que son fils parlait, les soucis s'estompaient qui, jusque-là, l'empêchaient de voir plus loin qu'eux. Il retrouvait ses réflexions de jadis, quand il s'interrogeait sur l'avenir de ses fils. La disponibilité d'Henri, alors, l'inquiétait : oui, c'était vrai, il était capable du meilleur comme du pire, il n'était point pour lui de place entre l'abîme et les sommets. Mieux valait qu'il choisisse de monter ! Dieu ne l'abandonnerait pas. Il ne pouvait pas ne pas combler cette soif de Lui qu'Il lui avait donnée. Il lui accorderait la grâce de persévérer dans Son service.

Henri prêtre, religieux… Quelle joie ce serait pour sa mère ! C'est elle qui, la première, avait cru discerner chez son cadet encore enfant les signes d'un appel divin. Et depuis, sans jamais rien faire ni rien dire qui put l'influencer, elle avait, chaque soir, prié pour que Dieu le conduise vers la destinée que, de toute éternité, Sa sagesse lui avait préparée. Elle avait toujours eu confiance en la valeur profonde de ce garçon que beaucoup trouvaient déconcertant. Sous son apparence légère, elle avait su comprendre la qualité de sa sensibilité, de son cœur aimant et délicat. Elle était sûre de lui. Elle avait eu raison et cette joie lui donnerait le courage de supporter les épreuves, peut-être lourdes, de demain !

Car l'avenir était sombre et François n'avait plus qu'un espoir : l'arrivée à bon port des *Deux Sophies* et de sa riche cargaison. Cela ne saurait tarder, peut-être le lendemain, peut-être les jours suivants ! Tout ne serait pas sauvé, mais la ruine totale serait évitée. Sans cesse la pensée de l'armateur revenait à ce beau navire, cela devenait une obsession. Henri, au moins, ne connaîtrait pas de pareils soucis ! L'essentiel le délivrerait de tout le reste : il avait choisi la meilleure part !

— Mon enfant, remercions Dieu. C'est une grande grâce qu'Il te fait de t'appeler à Lui. Sois digne d'un si grand honneur !

*

Lorsque Charles vit rentrer sa mère, elle lui apparut si droite, si fière et en même temps si désolée qu'il eut le sentiment à la fois que tout était fini avec Éléonore et qu'il devait oublier sa peine pour ne pas ajouter un poids intolérable à celle de sa mère.

— Oh ! Mon pauvre enfant ! Ces Assardière, quelles gens ! Si tu n'aimais pas cette petite, comme je serais heureuse de cette rupture !

Rupture ? C'était donc bien fini ! Charles était assis dans un fauteuil près de sa mère dans le grand salon un peu sombre. Il eut beaucoup de peine à pouvoir articuler d'une voix à peu près calme la question dont tout son être refusait de croire la réponse qu'il savait déjà.

— Es-tu sûre qu'il n'y ait plus d'espoir, vraiment ?

Madame d'Haqueville prit les mains de son fils dans les siennes. Charles retrouvait l'immense tendresse qui accueillait autrefois ses chagrins d'enfant.

— Non, mon petit, mais peut-être tant mieux ! Ces gens-là viennent de prouver qu'ils n'étaient pas dignes de toi. Laisse-moi te raconter. Dès mon arrivée rue Notre-Dame, j'ai compris à l'embarras de Caroline qu'elle se dérobait à son engagement. Elle a invoqué d'absurdes prétextes : que sa fille, décidément, était trop jeune pour se marier : comme si l'automne dernier elle était plus âgée ! Que ses sentiments étaient trop incertains, qu'elle désirait peut-être se faire religieuse et, finalement — tu vois si tout cela s'accorde ! – qu'elle ne pouvait épouser qu'un officier de marine. C'est une tradition de famille, m'a-t-elle déclaré avec d'autant plus de hauteur qu'elle se sentait davantage dans son tort. Jamais une Assardière n'a épousé un homme qui ne portait point l'uniforme des officiers de la marine militaire. Peut-être, a-t-elle ajouté d'un air de douloureuse dignité, aurais-je supplié mon mari de déroger à cette tradition si j'avais été persuadée des sentiments de ma fille pour Charles. Un moment, j'ai cru qu'elle avait pour lui une réelle inclination, c'est pourquoi j'avais accepté de songer à un possible mariage. Mais aujourd'hui, mes yeux se sont ouverts : ma fille est une enfant, elle ne sait pas encore ce qu'est l'amour, je serais criminelle si je consentais à une union que l'honneur de ma famille réprouverait…

« Tu comprends, Charles, que je n'ai pu en entendre davantage ! Jamais je n'aurais subi si longtemps une telle insolence s'il ne s'était agi de toi, de ton intérêt, de ton amour. Mais il est des limites à la patience. Si un reste de considération pour celle qui fut mon amie et demeure la mère de celle que tu as aimée m'a fait taire l'indignation qui montait en moi, l'honneur de notre nom me commandait de rompre l'entretien. Et surtout quand elle a insinué que certains membres de notre famille pouvaient être dangereux à fréquenter pour des jeunes… Je ne sais qui elle visait par là. Peu m'importe les calomnies de ces gens-là, ils n'existent plus pour nous !

— Mais Éléonore existera toujours pour moi !

L'indignation qui avait gagné Sophie au récit de son entretien avec Caroline tomba à cette réplique infiniment désolée de son fils. De nouveau, elle ne songea plus qu'à lui, à sa peine immense.

— Mon petit, je comprends ! Dieu seul peut soutenir en de telles épreuves ! Vois-tu, ce que je crois, c'est que ces gens-là nous reprochent surtout de paraître en difficulté. Si la pêche de

Terre-Neuve avait réussi, on ne se serait pas souvenu que les filles Assardière n'épousent jamais que des officiers. Je ne parle pas de la petite, mais les parents, eux, n'en voulaient qu'à ta fortune. Je voudrais que Dieu nous fît la grâce de redresser la situation, ne serait-ce que pour leur faire regretter leur conduite… ignoble !

Charles, lentement, s'était levé et quittait le salon.

— Que m'importe ! Tout est fini pour moi, rien ne m'intéresse plus. Ma vie ne sera plus qu'un absurde chemin ! »

Madame d'Haqueville l'entendit s'enfermer dans sa chambre. Elle tomba à genoux et pria pour lui. Elle pleurait.

*

Les hurlements du vent qui emplissaient la grande maison réveillèrent Henri. La tempête venait d'éclater qui toute la soirée s'était fait pressentir. C'était presque un soulagement tant l'atmosphère était lourde qui l'avait précédée. Au dîner, Charles et sa mère n'étaient pas descendus. Seuls dans la salle à manger que la clarté des lampes rendait plus immense encore, Monsieur d'Haqueville et Henri n'avaient échangé que peu de paroles, ne voulant pas toujours parler de la rupture avec les Assardière, mais estimant peu convenable d'aborder d'autres sujets. Quelque chose de pesant ce soir-là était dans l'air, qui rendait étouffant le silence, mais décourageait de le rompre. Peut-être était-ce l'impression laissée pas la défection des Assardière, mais il avait semblé à Henri que l'atmosphère tendue se recueillait dans l'attente d'une catastrophe. Toutes les choses familières lui apparaissaient hostiles. Le moindre bruit lui aurait fait peur. Il ressentait une inexplicable angoisse et son père, il en était sûr, éprouvait la même impression. On s'était séparé de bonne heure. Maintenant que les éclairs zébraient le ciel noir, que le vent mugissait dans les cheminées, que le bruit de la mer démontée battant le quai proche devenait assourdissant, Henri se sentait comme délivré : l'anxiété qui oppressait son cœur n'avait de raison que cela. Bientôt, cependant, une nouvelle inquiétude le saisit : il entendait dans la maison un remue-ménage insolite. La mer envahissait-elle une nouvelle fois les caves ? La tempête semblait terrible. Henri écarta le rideau et ouvrit la fenêtre intérieure. Les éclairs embrasaient le ciel et répandaient sur la mer écumante une clarté livide, éclairant fantastiquement le récif de Roche Gautier sur lequel déferlaient d'énormes vagues.

Non loin, courant vers le rocher, déporté par la tempête, désemparé et démâté, Henri aperçut un navire. Un trois-mâts... sûrement il allait s'y briser ! Dans quelques instants la catastrophe se produirait, il ne resterait rien de ce bateau. Oh ! Assister ainsi, impuissant, à ce drame, le voir se dérouler, en savoir déjà la fin horrible et ne pouvoir rien faire !

Un éclair plus brillant encore que les précédents lui montra le navire à quelques encablures de Roche-Gautier. Il reconnut la silhouette fine, racée, du plus beau trois-mâts de son père. Les *Deux Sophies* allaient faire naufrage et il était là, à cette fenêtre, pour le voir ! « Mon Dieu, non, ce n'est pas possible ! Mon père en mourra ! Mon Dieu ! »

Un instant, Henri ferma les yeux. Il lui fallut tout son courage pour les rouvrir. La vitesse du bateau semblait croître à mesure qu'il approchait du récif. Un éclair le montra, porté par une immense vague, à quelques mètres du rocher. Lorsque le suivant éclaira la mer, le beau navire n'était plus qu'une épave contre laquelle se cabraient les vagues. Il parut à Henri que quelque chose en lui venait de mourir.

Machinalement, il referma la fenêtre puis courut à la chambre de son père. Elle était vide. Il savait ! Qu'avait-il fait ? Henri se précipita sur le quai où la chaloupe de sauvetage était d'ordinaire amarrée : elle n'y était plus. À la lueur d'un éclair, il put l'apercevoir filant à force de rames vers l'épave des *Deux Sophies.* L'armateur avait jugé de son devoir d'être le premier à secourir ses matelots. La violence du vent était telle qu'Henri devait se cramponner aux palissades des entrepôts Haqueville pour ne pas être jeté à terre ! La pluie fouettait son visage, inondait ses cheveux, mais il ne la sentait pas. Il ne pensait pas à rentrer vers la maison de granit où sa mère priait et sans doute aussi son frère. En cette heure tragique il n'avait pas même la satisfaction de servir à quelque chose, d'être dans le combat ! La chaloupe, sans lui, était partie. Il ne serait jamais qu'un spectateur, le drame ne voulait pas de lui. Il se sentait infiniment las.

*

Quand l'aube d'un jour gris, où la tempête s'achevait en pluie glaciale, se leva sur Roche-Gautier, tout l'équipage des *Deux Sophies* était sauvé. Des naufragés suspendus à quelques débris de la coque avaient dû leur salut à la prompte arrivée de la chaloupe de sauvetage amenée par l'armateur.

Mais François d'Haqueville n'était plus et les dernières vagues de la tempête rejetèrent son corps sur le sable du rivage. Il était mort avec son beau navire.

ÉPILOGUE

Il est, au cimetière de la vieille cité de Granville, au fond d'une allée silencieuse, une tombe de granit que le temps a noircie et qu'environnent des herbes folles. On y peut lire encore, bien qu'à demi effacé, le nom de l'armateur, avec cette simple date : 1868. La noble simplicité de cette pierre tombale prouve qu'on lui fit des funérailles dignes de son rang. Ce qui restait de la fortune familiale y passa en entier.

Et, le lendemain de l'enterrement, alors que le nouveau directeur de la firme Sartilly, Monsieur Achille Vinay, s'installait dans la maison de la rue Saint-Gaud, Henri prenait le chemin du séminaire Saint-Sulpice et Charles et sa mère partaient, ruinés, en terre étrangère.

Ils ne reviendraient jamais plus à Granville.

TABLE DES MATIÈRES